写给孩子的
动物文学

Yelang Zhulu Ji
野狼逐鹿记

（俄罗斯）维·比安基等 著　韦苇 译

北京时代华文书局

精彩的动物故事　不朽的生命传奇

韦苇

　　工业文明和科技文明的发达，给人类自身造成一种错觉，使人们以为人和人的支配欲可以无限制的挥发，可以任意的奢侈。其实，地震和海啸就告诉我们，人和人的意志不是万能的，"人定胜天"不是一个放诸四海而皆准的不易真理。在地震和海啸面前，自以为万能的人和动物一样，抗拒不了更控制不了发生在我们这个星球心脏部位的激情。地震和海啸其实是把人类放在与动物同样的地位上，人类有时候显得更脆弱更无能，甚至动物已经对地震有预感的时候，人类还茫然无所知。这样来认识大自然，我们就会认识到人类的渺小；这样来思考生命，就能够摆脱"人类中心主义"的立场，就能消除人类对动物的傲慢与偏见，就能消除人类在大自然面前的错觉，承认人类并不是地球的主宰者、不是大自然的主宰者，人只不过是地球上一种能用语言思考、表达，从而具有物质和精神创造能力的动物而已。只有当我们认识到，地球是一个人与动物命运与共的大生物圈，地球是人和动植物一起拥有的生存共同体，我们的生态伦理观念才能正确建立起来。这样，我们就会对有些生命意识和生态环境意识特别强的人怀有深深的敬意。所以，大自然文学、动物文学不可能在工业文明、科技文明和城市文明兴起的 19 世纪以前产生。当动物的生存问题因为工业和城市的迅猛发展而引起关注的时候，当作家对动物生命有新的理解的时候，以动物为本位、为重心的动物文学就应运而生了。动物文学作家只不过是用文学来思考大自然、思考生命的一批人，他们把真实的动物世界用艺术的语言经营成一个个精彩的故事、不朽的生命传奇，打造成文学图书的常青树。

动物文学能给孩子以独特的生命教育，从而有助于孩子的健康成长。

儿童从动物文学的形象中获得审美感动，与动物文学里的形象发生共鸣，与此同时，孩子会认识到，动物是一种与人类不同的生命存在，它们的行为可以促使孩子对人类的行为进行反观和反思，促使孩子审察人类自私本性的后果，从而克服人类的骄横和偏见。孩子在受到生命教育的同时，他们的人格也就能够在更宏阔、更丰盈的背景上得到健康的发展。

伟大的大自然文学作家米·普里什文的创作理念，就明显超越了环境保护和动物保护层面上的意义：他的作品激励读者去亲近大地母亲，去和大地和谐相处，去恢复与大自然的良好关系，去关注每一株草、每一棵树、每一种禽鸟野兽、每一座山峦、每一条河流。米·普里什文对大自然的理解，同常人很不一样，他说："我们和整个世界都有血缘关系，我们现在要以亲人般关注的热情来恢复这种血缘关系。"所以他语重心长地说："鱼儿需要清洁的水——我们要保护好我们的水源。森林里、草原上、山峦间，那里有种类繁多的动物——我们要保护好我们的森林、草原和山峦。""给鱼以最好的水，给鸟以最好的空气，给禽鸟野兽以最好的森林、草原、山峦。人总得有自己的祖邦，而保护好了大自然，就意味着保护好了自己的祖邦。"

高大的松树、清澈的湖泊、连绵的山峦、飞跃的松鼠、胆怯的小鹿，以及空气中扑面而来的脂香和果香，使得人的心灵能有一种与天地融为一体的感觉，可以获得从未有过的惬意和满足。

　　飞过天空的野鸭有无形的价值，出没于山间的灰熊有无形的价值；野外的声音、气味和记忆都有无形的价值。此刻，向森林走去，纵然只是向城市中央公园的绿洲走去，去看看鸟们筑在枝丫间的窝巢，我们感觉我们是去朝圣——心灵的朝圣。

目 录 | CONTENTS

好奇心是寻觅、探求、发现、创造的动力源。用动物文学来培养你的好奇心!

——韦苇

野狼逐鹿记

〔俄罗斯〕维·比安基

我们好久没揭开这个谜团：这雪地上的脚印究竟是谁留下的？曾发生过怎样一个事件？

起先看到的兽蹄印小而窄，步子稳稳当当的。这行"字"不难读懂：有一只母鹿在树林里走动，它丝毫没有意识到自己会顷刻间大祸临头。

突然，这些蹄印旁边出现了大脚爪的印迹，随即，母鹿的脚印就显出蹦跳、逃窜的样态。这也是不难读明白的：一只狼从密林里发现了母鹿，就向它身上飞扑过去。

而母鹿一撒腿，闪身从狼身边逃走了。

再往前去，狼脚印离母鹿脚印越来越近，越来越近，狼逼近母鹿，眼看就追上母鹿了。

它们前头倒着一棵大树。

到了大树旁边，两种脚印就几乎不能分辨彼此了。看来，母鹿在危急关头纵身跳起，飞越过了大树干，狼紧接着也在它后面纵身跳起。

树干的那一面，有个深坑，坑里积雪被搅得乱七八糟，抛起的脏雪溅

向四面八方，看着，就像是雪底下有个炸弹轰然爆开过。

这个炸坑旁边，分明可见母鹿的脚印和狼的脚印分别跑向了两边，而当中不知从哪里出现一种很大的脚印，很像是人的光脚板留下的印迹，只是它们显然不是人的脚印，因为脚印前头有可怕的、弯弯的利爪印痕。

这雪底下埋着颗什么样的炸弹？这可怕的新脚印是谁的？狼和母鹿为什么要分开，往不同方向跑？这里发生了什么事件？

我们的通讯员苦苦思索：这究竟是怎么回事？

思索了好一阵子。终于，他们才好不容易弄明白，这些带脚爪的大蹄印是谁的。想明白这一点，就一切都迎刃而解了。

母鹿凭借它轻捷如燕的细长腿，一跃就跳过了横在地上的树干，向前逃窜了。

狼在它后头也随即跳起，不过没能越过，显然，它的身子太沉，扑通一声从树干上滑了下来，砸在雪地上，四只脚插进了熊洞里。

哦！原来，树干底下隐着一个熊洞！

熊正睡得昏昏沉沉的，上头忽然来了这么一个大惊吓，就一纵身跳了起来。于是雪啊、冰啊、枯枝啊，顿时向四方溅飞，就像是一枚炸弹爆开那样。

熊飞也似的向树林逃去——它以为有猎人朝它开枪了呢。

狼翻了一个跟斗，沉沉地跌进了雪里，猛见那么大一个胖家伙，就全然忘了再去追踪母鹿的事，自顾自逃命要紧了。

母鹿自然早已逃得没了影儿了。

大狼狗把门

〔俄罗斯〕盖·斯克列比茨基

那是星期六晚上，我坐在桌旁看书。门忽然开了，进来的是我的朋友尼古拉依。他领来一条德国大狼犬。

"你好！"他打招呼说，"我们好像有一百年没见面了！"

这个尼古拉依的到来，让我一下兴奋起来。他是我年轻时的朋友，是我的朋友中性格最快活的一个。他简直像个孩子，总会突然干出让人意想不到的事，确实是很淘气，甚至说他爱搞恶作剧也不过分。

"认识认识，"尼古拉依说，"这是杰克，我最贴心的好朋友。"

我对他说的"杰克"细作打量，嘿，好大一条狗，说它是条狼也可以的：毛灰灰的，嘴尖尖的，耳朵竖竖的，尾巴毛茸茸的，向下拖垂着，就跟狼没两样。

我和尼古拉依坐在桌前。杰克躺在小地毯上。它把头搁在前爪上，一双严肃、机灵的眼睛望着我们，仿佛在说："你们的话这么多，都说些啥呀？准是扯一些鸡毛蒜皮的小事吧，婆婆妈妈的。"

"怎么样，你喜欢我的杰克吗？"尼古拉依问道。

"没说的，是一条好狗。"我顺嘴称赞了一句，"一眼就能看出来，它很聪明。"

"是啊……够聪明的。可怎么个聪明法，你该不知道吧。你对它了解得更多些，你就知道它是怎样的聪明了。它还是个好把门，把你家守得如同铁桶一般，主人不在屋里时，你要是放什么人进来，那么他要是再想出去，就对不起了……"

我们在一起度过了一个晚上。临走，尼古拉依对我说："老实说，我是有事来找你的，想拜托你点事儿。"

"什么事儿？"我问。

"是这样，明天我得出一趟远门，到外面出差俩星期。在这半个月时间里，我可不可以把杰克寄养在你这里？"

我反对说："我得上班，白天它跟谁在一起呢？"

"没关系。"尼古拉依打断了我的话头，"杰克是一条隐士性格的狗。你知道，我也是整天上班哪！别的不说，有了它，你至少屋里可以有个警卫了。你不用担心，你们会建立起永生不忘的友情的——保准你们会亲密无间到大水都冲不散你们的地步！"

尼古拉依说服了我，领着狗去散了一会儿步，回来他就告辞了。

"杰克，你留这儿，就躺这小地毯上。"尼古拉依对他的好朋友命令说。

狗懂事地瞅了瞅他，就在小地毯上躺下了。

"你好好看住这个家，别让我回来为你感到脸红哟。"尼古拉依再三叮咛说。

他和我道了声别，就走了。他走后，我就自个儿上床睡觉了。第二天是星期天，我决定到郊外别墅里去看个朋友。

"好在尼古拉依留下杰克给我看家，小偷进不来，我这家就万无一失了。"我这样寻思着。

杰克跟昨晚一样，躺在小地毯上，默默留神看我收拾出门的行李。

"走！"收拾完行李，我说，"我要出去溜达溜达。"我一边叫它，一边向门口走去。

但是，我刚一握门把手，杰克就跳起来，发出可怕的吼叫声，挡住了我的去路。我不得不站住，杰克也站住了，摆出一种怪吓人的架势。

"怎么，你疯了吗？走开！"我呵斥道。

但狗压根儿就不理会我，就不许我走出屋子一步。

"怎么办？"我竟被看守住了。

起先，我想开导开导它，不成，后来，就想哄哄它，甚至用饼干、糖块来博取它的欢心，赢得它的好感，但全没有用。我简直要绝望了：难道我就得在家傻待两个星期不出门，要一直等到我的朋友回来解放我？在这两个星期里，我和杰克都得饿死，就是不知道谁先死。

我这样无可奈何地待着，也不知道待了多久，突然从门外传来脚步声，有人走进了宅院大门。

"糟了！"我想起来，"既然人能进来，说明尼古拉依走的时候，没把大门的暗锁给锁上。"

我凝神细听，脚步声越来越近，有人快步向我的住所走来。我还没来得及喊一声，警告来人别进来，我的同事伊凡·谢尔盖耶维奇就已经

进来了。

杰克没有挪动身子，只别有意味地瞟了来人一眼，胸有成竹地舔了舔嘴唇，好像说："进来吧，进来吧，亲爱的，这里就缺你来做伴了。"

伊凡·谢尔盖耶维奇气喘吁吁地掏出手绢来擦脑门上的汗。

"您好！我爬上五楼……爬得我气都匀不过来了。您和我们一道去别墅吧。"

我哭丧着脸对他说："咱们哪儿也去不了啦。"

伊凡·谢尔盖耶维奇一副不解的眼神看着我，问道："为什么？"

"您从这屋走出去试试？"

他不明白我的意思，耸了耸肩膀，往外走了一步……但是，他吓得立刻逃回到最僻远的一个角落。

杰克的怒容和獠牙把来人吓了一跳后，又自个儿到原来位置上去躺下了。

"现在可咋办？"伊凡·谢尔盖耶维奇心神慌乱，他心有余悸地看着杰克，说，"我从家里出来时，只是准备买几盒香烟就回去的……我连家里人也没告诉一声，是顺便拐到您这儿来的。我妹妹定会以为我是被汽车碾死了……"

"是啊，看现在这样子，就不知道到什么时候，你才能让她不为你担心了。"

伊凡·谢尔盖耶维奇胆战心惊地斜睨着杰克，问我："您从哪儿弄来这么一个魔鬼？"

"哪是我弄来！我一个朋友出门了，把它暂时寄养在我这里，他回来就来领走它。"

伊凡·谢尔盖耶维奇心里一块石头落了地，他吁了一口气说："这就还好。我们只需在这儿等上一阵，等他回来。"

"就怕远水救不了你的近火——他要两个星期以后才回来呢。"

伊凡·谢尔盖耶维奇两手抱头，说："那我们不得活活饿死啊！"

"我也这么想过。还好，我菜柜里有面包、黄油、白糖，还有饼干！咱们先对付着。"

"不行，这样不行！"伊凡·谢尔盖耶维奇反对说，"咱们不能就这么干耗着，坐以待毙。不！必须采取行动！"

他站起来，怯生生地一边紧盯着杰克，一边沿墙根试走了几步。

狗依旧躺在小地毯上，前爪垫着头，目不转睛地凝视着我的一举一动。它警惕着呢。

"嗬，你真够凶的！"伊凡·谢尔盖耶维奇揪着心，"看它那神态，好像马上就要冲过来把我撕掉吃了——哎，我说，咱们捶墙吧。"

"捶墙也没用。一个月前，邻居们就都到别墅里去了。你就是放大炮，也不会有人听见的。"

"这么说，这么说，咱们的处境是糟透了！"伊凡·谢尔盖耶维奇接连叹气说，"要么写条子从窗口扔下去？要么，试试大声嚷嚷，嚷得叫街上的人听见……"他说着走到窗前。

杰克马上警觉起来。伊凡·谢尔盖耶维奇斜眼盯着狗，胆战心惊地往窗外眺望。

"真倒霉，底下是房顶……从这里叫，叫不应谁的。"他绝望地摆了摆手，

"您住的是这么一套没救的房子，爬也爬不出去，叫也叫不应人。"

我说："我挑房子的时候，是没有想到要挑一套万一有恶狗把门，就可以从窗口逃出去的房子。"

"今天看来可惜了，您没有挑那样的房子，"伊凡·谢尔盖耶维奇气呼呼地说，"不然，现在可就派上用场了。"

忽然，他侧耳倾听外面的声音，接着挥了挥手说："来人了，来人了……这一定是来找我的……我妹妹……哎，别进来，别进来！"

然而房门已经开了，伊凡·谢尔盖耶维奇的妹妹气呼呼地跨进了门。

杰克和颜悦色地放了新的"牺牲品"进来。

"我就知道你在这里！"安娜·谢尔盖叶芙娜一脸的不高兴，"可你是怎么说的——出去买几盒香烟就回来……噢，请原谅，我还没跟您打招呼呢。"她转身对我说，"这样磨蹭的人，真拿他没办法！送牛奶的人来取钱，可他一出去就没个人影了……咱们快走！那送牛奶的阿姨还等着咱们呢……"

"我的好妹妹，"伊凡·谢尔盖耶维奇绝望地说，"连你——咱们现在都坐禁闭了，怎么也出不了这屋了。"

安娜·谢尔盖叶芙娜知道了是怎么一回事后，举起两手，拍了一下巴掌，说："哎哟天哪，这会儿送牛奶的阿姨一准以为我在故意躲避她。太丢人了！"

"还顾得上送牛奶的阿姨！"伊凡·谢尔盖耶维奇气不打一处来，"你明白吗，我们说不定得在这里蹲上两个星期，你还提什么送牛奶的阿姨……"

他一屁股砸在沙发上。

　　安娜·谢尔盖叶芙娜因为刚进来，还没有把精神消磨殆尽，所以开始积极动脑筋，想逃出去的法子。

　　"有办法了！"她忽然欢呼起来，"我有办法了，快把这只胶合板箱子的书给倒腾出来……"

　　"倒腾出来干什么？"我们不解地问。

　　"快，快！"安娜·谢尔盖叶芙娜闪着机灵的目光说，"你们情愿在这里蹲两个星期？我可不情愿！"

　　大家只好听她的。我们立刻七脚八手地把书倒腾出来，一摞摞叠放在墙脚根。

　　杰克好奇地看我们忙乎，倒是并没有来妨碍我们。

偌大一只胶合板箱子腾空了。

"伊凡,你蹲下,"安娜·谢尔盖叶芙娜命令他的哥哥说,"我们拿箱子扣住你,你爬出去,从屋里爬出去求救。"

伊凡·谢尔盖耶维奇心有余悸地瞥了一眼杰克,说:"万一它钻进箱子里去,那我就不是给它撕掉吃了吗?"

"没有万一!它钻不进的。"安娜·谢尔盖叶芙娜回答,"做胆小鬼你不脸红啊!"

伊凡·谢尔盖耶维奇重重叹了口气,蹲下身去,我们把板木箱抬起来,扣在他身上。

"好极了!"安娜·谢尔盖叶芙娜给哥哥打气说,"现在你开始爬,我们告诉你爬的方向,我们说左,你就往左,我们说右,你就往右。"

木箱于是立刻蠕蠕地动了起来。它稍微抬起了一点点,晃晃悠悠地向门口爬去。

刚才杰克一直观察着我们,这时,它欠起身。它的嘴脸露出了惊奇和讶异,表情中甚至还有点恐惧。接着,它竖起了浑身的茸毛,向着一点点逼近它的木箱扑去。可怜的伊凡·谢尔盖耶维奇啊!他在那辆木板制作的装甲车里该受多大罪啊!

杰克扑到木箱上,又是抓又是咬,但木箱还继续向前爬动着。我们屏住呼吸,一动不动地看着。

木箱爬到挨近门口了。杰克旋风似的绕着箱子打转,但是箱子还在爬着。箱子快爬到门槛那里了,只需抬起一点点,就能过那门槛去。

可事情太出人意料,杰克竟猛一蹿,跳到了箱背上。木箱马上紧贴地面,僵住不动了。伊凡·谢尔盖耶维奇惊恐万状的声音仿佛从地窖里传来："哎，我爬不动了，怎么回事啊？"

"后退，往后退！"安娜·谢尔盖叶芙娜指挥说。

"我爬不动，怎么忽然这么重啊？"伊凡·谢尔盖耶维奇带着哭腔大声说，"我可快要折成两截了！"

我和安娜·谢尔盖叶芙娜急得在屋里团团转，不知道怎么才能把倒霉的装甲兵救出来。

"我出的什么馊主意啊！"安娜·谢尔盖伊凡娜痛心疾首地自责道，"我把哥哥给害苦了！我们怎么给他东西吃？扣在木箱里蹲两个星期，这罪谁能受得了！"

她软塌塌地跌坐在椅子上。正在这彻底绝望的时刻，像是天外来了客——尼古拉依出现在门口。

"我的尼古拉依！"我嚷嚷着向他跑去，"你没有走……真不该我们死！"

杰克见尼古拉依，没有尖声吠叫，也没有跳到主人身边去，只是友好地摇晃着尾巴，从木箱上跳下来，若无其事地向小地毯走去，那神情仿佛是在说："该完成的任务，我已经完成了，下面该怎么处置是你自己的事了！"

杰克一下跳下箱子，于是箱子立刻就活了，抬起来，从木箱里探出了伊凡·谢尔盖耶维奇的脑袋——他的脸已经憋得通红通红了。

尼古拉依一看他，不由得哈哈大笑起来，说："你们在这里藏猫猫，玩儿得挺开心的嘛！我根本没打算出门。"他又转身对我说，"怎么样？

杰克的表现是如我说的那样吧？你们知道吗，它刚从守卫学校毕业，所以，在得到你允许以后，我决定给它举行一次小小的测试。"

"你怎么说是在得到我允许以后呢？"

"怎么不是？昨天你不是同意它在你家里当几天守卫的嘛。"尼古拉依狡黠地笑了笑，"我的杰克门守得很紧，这样，你们的游戏才能做得这么开心呀。"

"当然开心，"伊凡·谢尔盖耶维奇从木箱里爬出来，说，"您来得太早了，不然，您的狗还会有更精彩的表现哩！"

孟加拉虎拉吉

〔俄罗斯〕韦·恰蒲丽娜

拉吉是我们动物园得到的德意志孟加拉虎。所以，谁都想去看看它威猛的样子。

装运老虎的箱子，外边用铁皮包着，四周再用铁箍箍着。只有严封得十分牢靠，在运输途中才不会发生意外。老虎躲在笼子的一个角落里，我们看不大清楚。只听见它一阵阵低沉的咆哮声，从笼子里传出来。装拉吉的箱子被送到了狮虎山。然后，十个人轻巧地把它从汽车上卸下来，放在铁笼子旁边，再牢牢地在铁栏杆边拴好，不让它移动。

笼子门打开时，大家都不由得想，这老虎一定会一下跳进去。

然而出乎我们意料的是，它没有跳出来。箱子里，连老虎低沉的咆哮声也听不见了。它准是蜷缩在角落里。过了一分钟……过了两分钟……饲养员拿起棍棒准备去捅它，赶它出来，这时它突然一跳，跳进了笼子，却猛一转身，怒啸着向铁栅栏冲来。大家慌忙往后退了几步，可老虎并不罢休，一次又一次……一次又一次向铁栅栏扑来。铁栅栏被它的蛮力冲得直摇晃。老虎的嘴唇上可见带血的泡沫。回来，它又突然躲到笼子角落里，扭转身去，

把头藏起来，不想看到人的眼睛。

饲养部主任让围观的人群都离开这里，这样才能使老虎安静下来。

我被留下来值夜班。我很乐于在夜间守着它。我很想借机观察拉吉在新地方落脚会怎样表现。我正在笼子边的长椅上，默默然一动不动，尽量不去惹引老虎的注意。

大家离开后，老虎还呆呆地坐在笼子角落里。过了一会儿，它站起来，走到铁栅栏旁边。它似乎在听什么动静。接着，它把头伸了出来，"啊——呜"叫了一声。我曾多次听过老虎的啸叫，我能听出来，它不是"呜啊——呜、呜啊——呜"的随意叫几声，而是忧心忡忡，对着远方哀伤地呻吟。我想站起来，走到笼子跟前去，但是只要我窸窣一响，它就马上转过身来，啸叫着向铁栅栏扑来。过后，它不再叫了，但是它一眼不眨地监视着我，我稍一动弹，它就神经质地咆哮起来。

在拉吉虎笼旁边，挂着一盏明亮的电灯。它的一举一动都看得清清楚楚。我最有观察兴趣的是它的这双眼睛。它的这双眼睛与动物园里其他狮虎的眼睛多有不同。其他狮虎的眼睛是深褐色的，而拉吉的眼睛简直亮得像两团椭圆的琥珀，闪闪有神。这只老虎的眼睛不由得人不特别注意它。那眼睛所透露出来的神情给人的印象是：它的狂野本性是不能被驯服的。

我仔细观察了它那灰白色的头部，和它那强有力的身躯。它那背上一条条的横纹间，有一块大伤疤。显然，它曾受过重伤。它是怎么挺过来的，我太不好想象了。

远处时钟敲过了两下。夜已深沉。我在长椅上躺了下来。我时而打个盹儿，时而迷迷蒙蒙睡一会儿，但我每次睁开眼睛，就都遇到它那对我盯

视的目光，同时，听到它低沉的咆哮声。它还像原来那姿势，躲在笼子的角落里，趴在地板上，随时准备猛扑过来。早晨，它看见饲养员时，它又连声怒啸，向铁栅栏凶狠地扑腾。

头一天，拉吉看着饲养员喂给它的肉，却碰也不去碰一下。一连好几天，它都没有吃东西！最后仍是饥饿饶不过它，由不得它不吃不喝。它咆哮着四下里扫视了半圈，偷偷地走过去，猛一嘴，拽了一块肉。拉吉先闻闻，随后便前膝着地撕吃起来。它总防着有谁来抢劫，所以不时吃几口，又左右张望一阵，时刻准备着冲出笼子，奔向自由。

在动物园生活期间，它都喜欢这样蹲着吃食。别的老虎得到自己的一份肉食，就躺到一边去懒洋洋地吃，就它，吃食就跪着，完全跟野外吃食时一样。

拉吉很长时间习惯不了动物园里有人。只要有人在笼子旁边做什么剧烈的动作，它就啸叫着扑到铁栅栏上头去。但是，过了一段时间，它知道自己那样做根本是徒劳的，也就渐渐不理会那些逗它的人了。

夜色笼罩着狮虎山，动物们都纷纷睡去了，只有拉吉没睡。它在笼子里走来走去，时不时"啊呜——啊呜——"大声啸叫几声。它的叫声里总是充满忧伤，所以，尽管所有的虎一样叫，但它的叫声很容易分辨出来。

一天夜里，一个砌炉的匠师在狮虎山的饲料房里干活。砌炉匠被"拧心"的啸叫声打动，一早就来请求饲养员让他看看那只叫了一夜的畜生。饲养员立刻猜到，砌炉匠说的是拉吉。饲养员把师傅带到笼子旁，指给他看。砌炉匠久久凝视着拉吉，从它灰色的脑袋看到黄色的眼睛……

"看得出，它是神往着自由，"他看着看着，沉思地自语道，"你看，它全身灰白，说明它已经老了。这样的虎在笼子里是关不住的。"

果然如砌炉匠所说，拉吉虽然天天进食，但对环境始终习惯不了。它仍旧很忧伤——总是很忧伤。

过不久，动物园运进了一头孟加拉母虎，大家叫它"芭娅杰尔卡"。我得说，这头母虎罕见的漂亮：长得很匀称，背部的横纹一条条又泛红又鲜明。它特别喜欢玩，一会儿从笼子这边跳到那边，一会儿用牙齿叼起一块肉，抛向空中又仰头接住，好像在玩弄猎物一样。两只虎面对面蹲着。它们是怎么认识对方的呢？没有人知道。只知道过了不久，它们就隔着笼子亲亲热热地彼此打招呼了，你哼哼我也哼哼。于是我们立即决定把拉吉搬到隔壁的母虎笼子里去住。

"我担心，它不会进兽笼去。"饲养部主任说。

"不要紧，我们赶着它进。它饿得受不住，自然会进去的。"饲养员信心十足地说。

可是，饲养员的如意算盘没有打对。我们把运兽笼放在拉吉的笼子旁边，里边放了一块肉。然而几天过去，它并没有去吃那块肉。它死活不肯进运兽笼。我们把一只活兔子拴在里面引它，它依然不为所动。看来这笼子像捕虎器，而拉吉过去上过那玩意儿的当。于是我们只好采取另一种办法，把紧挨着拉吉的那只笼子腾给芭娅杰尔卡住。我们就这么办了。两只虎相挨住着，该能很快就熟悉了。过了一个钟头，拉吉走到笼子门口，亲昵地用鼻子对着母虎不住声地打哼。那只母虎，芭娅杰尔卡，把头紧贴在门上，仰面躺着，表示它喜欢这位邻居。

这芭娅杰尔卡的性格完全不像拉吉，它好动，行动快捷，还非常滑头。

野狼逐鹿记

从它的笼子旁经过得多加防范。它常常闪电般地沿铁栅栏滑下来，灵活地从铁栅栏间伸出它尖尖的爪子，分明是要抓饲养员。它吃起食来无所顾忌。吃饱了，洗洗脸，然后躺在笼子里安安稳稳睡大觉。拉吉有芭娅杰尔卡做伴，不再感到寂寞，不再忧伤。它很喜欢这位漂亮的邻居，越来越频繁地同它打招呼。自从我们把隔门换成栅栏门以后，就更是这样了。

我们看到两只虎亲近起来，便把它们关在一起。我们事先准备了水龙胶带，它们一旦打起来，我们就用激水将它们冲散。

饲养员打开拉吉的笼子门时，它啸叫起来，向笼子旁边的人扑去。大家迅速退往一旁，免得继续激怒它。拉吉不再扑了，它一转身，芭娅杰尔卡大胆地走进拉吉的笼子里，在拉吉面前躺下身来，并在地上打滚。

有经验的人动物园管理员知道，这是最可怕的时刻。必须想到，拉吉对母虎的友好态度毕竟只不过是人按照自己的思路的一种推断。意外往往就可能在这样的时刻发生，饲养部的主人就曾经历过这一件事：因为没有足够的防范，一只公虎当着人的面把母虎给咬死了！所以，这时刻，大家都紧张地注视着拉吉，担心它会突然对母虎发起攻击。母虎依旧毫无防范地仰躺着，依旧在地上打滚，拉吉瞪大眼看着它，后退了几步，好像害怕芭娅杰尔卡似的，当拉吉退到退无可退，它突然挺起身子，亲热地从鼻子里发出啡啡啡的声音。芭娅杰尔卡赶忙跳起来，响应拉吉，把头紧紧地贴着它那灰白的胸脯，接着是脖子、肋边……

大家这才松了口气。

现在，不必再担心它们打架了。

结果是两只虎相处得很融洽。甚至饲养员喂食时都很难把它们分开。

芭娅杰尔卡独自在笼子里时，拉吉就总是躺在门旁边。它们俩在一起时，常常可以看见芭娅杰尔卡舔拉吉灰白的头。它们亲昵，亲昵得令人惊叹！

有一天，芭娅杰尔卡病了。一向活泼好动的芭娅杰尔卡躺在笼子里不动弹了——饲养员一眼看出，它是病了。它两眼没有了往日的神采，不肯进食。拉吉不安地用粗糙的舌头去舔它时，它也不动弹。饲养员费了好大劲才把母虎赶到另一只笼子里去。母虎的毛全蓬乱了，喘着粗气，一走进笼子就躺了下来。

那时候的兽医站设在一间小不点点的窝棚里，而且只有一个兽医，虽然他医术不错，但是设备欠缺，他对病虎也施展不了回天之力。

芭娅杰尔卡病了几天就死了。

拉吉失去了伴侣，抵抗不住寂寞，夜里，甚至在白天，就那样忧郁的"啊呜——啊呜"叫着。显然它是十分想念自己的伴侣。它不时走到芭娅杰尔卡的自动小门跟前，伸爪子抓门，从门缝往里看，然后发出深深的叹息，无可奈何地走到一边去。

不久，动物园又得到一只孟加拉母虎。我们把它放在原先芭娅杰尔卡住过的笼子里。刚开始，拉吉还挺喜欢这只母虎的。但它走到笼子门口闻了闻，一声不吭地回到了自己的角落里，躺了下来。从此它再没有去过那门口。我多次设法让它同新来的母虎相识，但是没有成功。

拉吉对自己原来的伴侣感情还真深啊！

从那以后，动物园里养过多只老虎，但没有像拉吉的。许多年过去了，它那灰白色的大脑袋，琥珀一样的眼睛，微微发黄的獠牙，以及它那强壮、灵活，还有带着一大块伤疤的身躯，至今还鲜活在我的记忆里。

血腥的小兽

〔俄罗斯〕韦·恰蒲丽娜

黄鼠狼个头小小的，挺讨人喜欢。脑袋跟猫差不多，圆溜溜的，怪可爱。冬天，它的一身皮大衣，黄灿灿的，软绒绒的，柔细而又丛密，非常漂亮，人看见，不由得会想伸手去摸摸。

然而这看起来讨人喜欢，只是外貌给人的一种感觉，而骨子里它是一种非常凶残、非常血腥的小个子野兽。只要看一眼它那细长、弯曲而富有弹性的躯体，只要看一眼它尖尖的利爪和神速、果断、猛烈的动作，就可以立即猜度到黄鼠狼个头不大却绝对是具有高度威胁性的猛兽。

有一天，两个男孩把这样的一只小黄鼠狼送到动物园来。

送这两只小黄鼠狼来的男孩找到它们时，它们着实还小。他们想要关在家里，可是父母不让，而学校里又没有笼子关它，并且，校长也不同意——突然跳出来叼鸟吃，那可如何是好！

于是两个男孩就决意把自己的宠物献给动物园。他们说，会抽时间来动物园看望它，会经常带些好吃的来给它吃。

小动物很文静，总是静静地蹲坐在一个狭窄的小笼子里，一双好奇的眼睛东看看西看看。

男孩当中的一个把手伸进笼子里去，揪出黄鼠狼来。他太想当面展示他们的宠物确确实实是一只很乖的小东西。但是，万没想到，小东西一惊吓就从他手里挣脱了，没等大家闹清楚是怎么回事，它已经蹦到了围墙的墙脚根，钻了出去。

这事发生在动物园新区里，就在貂笼旁边。娜丝嘉婶婶——一个在我们远离工作了多年的老饲养员，她"噢"的倒吸一口气。她深深知道，这

逃跑了的黄鼠狼会在外面造下多大的孽。要是它逃出动物园从此消失倒还好，而要是它又从原来那个洞里钻回动物园来呢，那动物园就要遭殃了。

所以，当男孩跑到墙外去找黄鼠狼的时候，娜丝嘉婶婶就立即忙不迭地捡起一块石头，把洞堵上，还找来一块大木板，把石头牢牢顶住。

两个男孩急着去追逃跑了的黄鼠狼，边追边喊。但是，他们徒劳而返，没有找到，就走掉了。娜丝嘉婶婶很晚才回家。

第二天一早，她来上班，头一件事就去沿围墙根查看。她一步一步走着，看得很认真很仔细，看雪地上有没有黄鼠狼新鲜的脚印。看，有！娜丝嘉婶婶最怕发生的事，现在发生了！她提心吊胆地看着圆溜溜的像小猫似的脚印……脚印沿墙根向水池方向延伸。

从这一天起，黄鼠狼没有一夜不来叼吃动物园的珍禽异鸟。它每天夜里都来，一来就把鸟脖子咬断，吮完血，扔下禽鸟尸体，随后扬长而去。

动物园想尽办法来逮这个血腥小野兽！用捕兽夹，用捕兽笼，都逮不住它。

这就让人想到，这小东西不是在家里长大的，从来没有进行过驯化调教，所以它才能这么老到地避开捕兽器，连走都不走近。而且，捕兽器在这个池塘边等它，它似乎感应到了，就到另一个池塘去制造血案。

黄鼠狼还在隔壁院子里生活。那里正在修理，在那里，在院角落一大堆木板下头，它给自己安顿了一个舒适的住所。要从这大堆木板下方把它揪出来，是做不到的。而一个巨大威胁就任它在隔壁存在，那也是不可以的。于是逼得动物园下决心搬开木板，怎么说也要把凶兽捉住。

木板搬开了，但是并没有找到黄鼠狼。显然是喧哗声把它吓跑了，它一定是神不知鬼不觉地溜到远处去重新找了个安身之所。

它好几天没在池塘边现身。它准是远远逃开，悄无声息，从此不再现身了。

然而有一天，又在池塘边找到了被咬死的鸟。它就躺在水池边的滩地上，不远处的雪地上留有一串黄鼠狼的圆蹄印。脚印直向墙脚根延伸，延伸到动物园设在新区的仓库。

仓库很大，黄鼠狼很小。要找到这个血腥的畜生太困难。很难把它从偌大的仓库里撵出来。看，这仓库里高高堆放着建筑材料：各种型号的木板，许多漆桶，黄鼠狼可能就躲在这堆沉重的东西里面，又从这里出发到池塘里去咬死动物园禽鸟。

这个凶贼就这样在动物园里劫掠了整整一个月。这一个月里，许多动物园珍稀的禽鸟被灭绝了。技术员终于不得不赔着辛苦去寻找这个凶贼的固定住所。住所在一堆木桶的下头，它的出入口在仓库的地板下面。看起来，出入口还不只有一个。那就试试在它的出入口都安放捕兽器。可是小畜生见圈套就止步了，然后机敏地从捕兽器旁边绕过去，连引诱它的肉都没有去触碰一下。那一准是活禽的鲜血比肉的味道要好得多，吃起来要愉快得多。

这时，娜丝嘉婶婶的养畜经验发生了作用。她多年来一直养貂，养貉，养黄鼠狼，所以她很了解该怎么对付它们。她让技术员在捕兽器里不要放肉，而是用她自己屡试不爽的办法去饲养黄鼠狼。

"让它吃得饱饱的，它就不会天天到水池边上来劫掠了。"她说，"那样，过些日子，就有机会捉住它。"

"你的办法没有用的，娜丝嘉婶婶，"技术员反对说，"我们往捕兽

器里放它一个月的肉，看它吃不吃！"

娜丝嘉胸有成竹地说："肉！你们都放的什么肉啊——臭肉、腐肉。你们在捕兽器里放肉，放过一个星期，还能不臭吗？而貂、貉和黄鼠狼是只吃鲜肉的。你以为黄鼠狼是鬣狗啊，什么腐肉都吃得吸溜吸溜的！"

技术员只得承认自己的办法不行，他说他对狮子、对老虎、对熊的脾性知道得比较多，对黄鼠狼的脾性了解得是少了一点，他转而和悦地请娜丝嘉婶婶给自己传授对付黄鼠狼的办法。

娜丝嘉不会轻易就把整套办法都教给技术员的。她是个认真的人，不能容忍人家在她熟稔、在行的领域里指手画脚、说三道四。

"你按你那一套去对付它吧。还说'你的办法没有用的'、'我们在捕兽器放它一个月的肉'，现在又'丝嘉婶婶'，还'请'！"她生气地说，但是看着技术员和悦的脸，她又补充说，"好啦，都包在我身上。只是黄鼠狼吃的肉得新添来，不然貂就不够吃了。"

"我一定添来，一定！"技术员赶快点头同意说。

第二天，娜丝嘉认真细致地检查了技术员要来的荤腥。送荤腥来的运送员只好耐着性子在一旁等娜丝嘉婶婶慢慢地仔细检查——他们太了解娜丝嘉婶婶的脾气了。

娜丝嘉婶婶觉得合格后，她就动手分起来，除了按貂、貉的正常需要外，其余的都留给黄鼠狼。

娜丝嘉婶婶把最新鲜的一份又检查了一遍，觉得肉、鱼和抹过牛奶的面包、蛋都是黄鼠狼所格外喜欢的，用这些荤腥能 将黄鼠狼给捉住。

头些日子，黄鼠狼看来是不想享受这份美食，但是娜丝嘉婶婶坚持放。

她耐着性子，每天都在同一时间来换掉头一天放的美食，甜言蜜语劝黄鼠狼尝尝这美食。娜丝嘉的耐心和甜言蜜语使黄鼠狼习惯了送来的这些美食，所以几天以后就开始来拿了。起先它有些胆怯，娜丝嘉就故意走开去，美食的味道实在太香，对它有强烈的诱惑力，它大起胆子，蹦一下向娜丝嘉婶婶跳过来，它还来不及把肉蛋放好，就过来抓进了自己的洞穴里。

娜丝嘉婶婶眼看时机已到，就拿来一个笼子，摆在一条黄鼠狼必经的细径旁边，在笼子里放上荤腥，然后走到一边去唤黄鼠狼。小凶兽一听见熟悉的声音，就忙不迭地从洞穴里跳出来。它看见笼子，讶异地收住了前脚。但是，显然是它想起它此前就住过这笼子，也或许是觉得在娜丝嘉身边没有什么好怕的，就大胆地走进了笼子。

笼门嚓一下落了下来，血腥小兽终于被关了起来。

驼鹿罗西卡

〔俄罗斯〕韦·恰蒲丽娜

第一章 初次相识

一大早就忙，事情一件接着一件，总是不顺心。奶发酸了，肉不能及时运到。各种各样的小野兽呜里哇啦叫成一片，还就在这时说是运来了一头小驼鹿。此前，我养过很多种野兽，养过小狼，养过小狐狸，养过水獭，养过……这驼鹿该怎么养，我不知道，更别说这小驼鹿了。它是这么小，小得像一头刚生出来的小牛，耳朵倒是大，大得像驴耳朵，向后支棱着，这拉得长长的脸，看一眼就晓得这憨憨的小东西什么也没见识过。我把它安置在一个圈里。

圈很大，各方面都很方便，有几间，小驼鹿可以在里头躲避风雨。我第一次同它相识就不顺利。我一走进圈里，小东西就警觉地支棱起长得出奇的耳朵，跑开了。我喊它，给它倒牛奶，可小驼鹿跑得离我更远，怎么也不肯走近。我们的相识就只好推迟到下一次。

第二天，我这饿了一晚的新来客似乎要来跟我讲和了。倒在瓶子里的热奶，散发出阵阵奶香，逗起来它的胃口。发馋的小驼鹿绕着我走了一圈，就过来贪婪地吮吸起来，吸着吸着就不愿意放开了，于是我就坐在矮凳上，把奶瓶就放到它嘴边，让它尽情地喝，我就那么静静地坐着，一动不动。坐下来不动，就会让大个子动物感到人变小了，自己变大了，这样它就能壮起胆来。小驼鹿向我靠近。它小心翼翼试探着伸长脖子，把头探向我，脚尖着地，一小步一小步，样子很有些滑稽。它嗅着我递向它的奶嘴，吮吸着，突然，它张大嘴，差不多把我手中的奶瓶吸进它的喉咙里去，它咂巴着嘴，看样子吃得很有味。瓶子里咕噜咕噜冒着气泡。小驼鹿只顾喝啊喝啊，并没有发觉我已经站了起来。

第二天吃奶，它就胆大多了。我可以抚摸它的头，最后就完全挨我站着了。

第二章 朋友

这个小家伙我叫它罗西卡。

它很快习惯了我这样叫它。几天以后，它就像跟随它自己的母亲那样跟着我了。我外出时，它就会因想念而从这一角走到那一角，不停踯躅徘徊，向着我过往进门的地方又是张望又是叫唤。罗西卡的视力不好。要是我去看它时穿的是一件它没有见过的连衣裙，那么它在认出我之前会对我看好一阵，嗅好一会儿。不过它的嗅觉和听觉却出奇的好。它远远听到我的声音，就循声迎我走来，表现出亲昵的神态。罗西卡的亲昵神态是很感人的。

它会把腿搁到我头上，拿它的嘴唇摩挲我的脸颊。就在这样的时候，我喜欢上了它，无论哪个动物，只要这样对人亲昵，人都不会不动心的。

我到我喜欢的动物那里去，从来是要带伴手礼的。我总是同它们分享我的早餐和午餐。小驼鹿吃过我的东西可多了！纸包糖、方糖、馅饼，甚至夹肉面包我也拿去跟它分享。总之，只要我手边有的好东西，就都有罗西卡一份。

记得有一次，罗西卡病了，什么药都不要吃。我们把药裹在面包里，融在奶浆里，然而它的味觉好得太让人料想不到了，凡和了药的，你就休想哄它吃下去、喝下去。于是，由我来喂它吃。我就不遮掩药气，把药水倒在面包上，要求它吃。它怎么也不肯吃。闻闻，嗅嗅，接连从鼻子里喷气——弗！弗！弗！反感，拒不接受。我几次灌进它嘴里去，它几次吐出来。不过，最后总算是吃了。但是别人喂它，它就不吃，连食物都不接受。很可能，我给它的食物都是我亲手做的。我单独为它挑选对驼鹿胃口的食品。没有第二人知道驼鹿特别喜欢吃什么。嫩胡萝卜是它最爱吃的，还有糖；长大些以后，就喜欢吃蔬菜、麦麸子、面包。干草它从来不碰，白杨树和橡树的叶子，它倒是吃的。冬末的时候，所有这一切都没有了，而罗西卡的食物从来是不缺的。

第三章 贪食的教训

罗西卡是个大甜食家。经常这样：在给它吃的东西里把有甜味的、它喜欢吃的挑出来吃了，它不喜欢吃的就扔在一旁。我为它的这个烂脾气生气！难道有这样爱挑食的吗？有谁的胃是天生着吃苦东西的？

为了惩罚它，我散步的时候就不带它。而偏偏罗西卡又特别喜欢出来走动。它为了得到跟我散步的机会，就再苦再不对胃口的饲料也肯吃了。我们溜达，都在游人还没有进园前，所以每天都在清晨进行。我们每天都绕动物园走一圈，经过各种水果摊，各种饮食摊，这是它爱去的地方，但

一些地方它很怕经过——最怕的是狮虎馆。有一次它误入了猛兽区，看见一道门开着，就走了进去。猛兽们见了它，嗥叫声、吼啸声顿时震耳欲聋！几头豹子一起向它扑过来，狮子吼着向它冲过来，躲在隐蔽处的老虎，恶狠狠地跳出来！

可怜的罗西卡啊！它吓得不是折头回身逃出来，而是向猛兽跑过去。好在是我赶到了，它立刻跑过来依偎在我身边，身子瑟瑟哆嗦个不停。

从此，它就记住了狮虎馆，我们一走近，它就马上竖起耳朵，只敢斜眼瞅那些猛兽。可是，食品区它从不会放过！它知道有美食在那里等着它。它昂着头，大踏步地从摊铺前面经过，有些摊铺还会给它吃些甜食，而把账记在我的名下，罗西卡每走到这里，都走得特别慢。

我们的散步路线中，它最爱去走的是大水池边的小路，这里它可以自由地跑，可以撒欢，而最最主要的是，它可以在这里吃到嫩嫩的树枝树叶！它吃柳树枝叶比吃胡萝卜、干面包甚至糖块还要喜欢。

罗西卡一到这里就不肯走了，叫它它也不走。这柳树枝叶的味道这样甜美，也难怪它贪吃了。起先我依顺它，但叫它总不肯走，我就给它一个教训，让它知道不听话是要吃苦头的。

罗西卡专心一意忙着吃柳树枝叶时，我悄悄躲到一旁的矮树林里去。"这下，"我想，"我叫它好找，看它以后敢不敢不听话！"我等在一旁，看小驼鹿突然发现我不在，会怎么样。

罗西卡好久没有发现我不在。然而发现只有它一个在那里的时候，它顿时害怕了！它跟呼叫妈妈那样大声喊我，边喊边往前跑。它发疯似的跑着。我怕它出事——要是忽然绊跤了呢，跌倒呢，摔断腿呢！

"罗西卡，罗西卡！"我可着喉咙叫它，同时从我隐蔽的地方冲出去。

罗西卡一听见我的声音，就一下止住了步，像忽然被钉在地上似的。它顺原路跑回来，一边跑一边怯生生地叫着，生怕一下又失去了我。

第四章 驼鹿当起了我的保镖

从夏天起，我就为罗西卡准备它冬天吃的桦树枝叶，我砍了很多，拣最好的收藏在驼鹿房里。驼鹿长大了，原来的驼鹿房就显得挤了。秋天，它开始上身变灰，四腿渐渐泛白。

罗西卡对周围的一切都变得多疑起来，连碰都不能碰它一下了。不过就我一个例外。有一次，它踩到一枚钉子上，钉尖扎进了它的脚掌，就我可以近身给它洗伤口。驼鹿房这么挤窄，它一躺倒，我就得紧挨着它的躯体坐下了！而为了找到钉子扎入的伤口，我又费了不少周折，花了许多时间，这期间，我都因为操作地方挤窄而紧张得双手颤抖。

罗西卡很小的时候，它就试图保护我。它伸直长长的耳朵，乜斜着眼睛，踏着颇具威胁性的细腿。我为有它这样的保卫者暗自感到高兴。待到它越长越大，人在它面前就显得更渺小，那魁伟的躯体对人就更具威慑力了。而这对我是不无意义的……

有一天，我和罗西卡在园里散步。我遇见一个保安员。这保安员是新近进园工作的。他不知道驼鹿攀吃桦树枝叶是被特许的，就骂起我来，说什么我放纵动物破坏树木！我一再向他解释，罗西卡攀吃树叶是被特许的，

可他还照样骂骂咧咧、叫叫嚷嚷，把我的解释当耳边风。罗西卡听得这人老是嚷嚷不休，就不再吃树叶，目不转睛地看着这个保安员挥拳舞臂，挺直耳朵，高高抬起前腿慢慢走近他。罗西卡的神态变得异常可怕，连我看着都不免惶恐起来。它的双眼充血，浑身的毛一根根全直立起来，这么一来，它魁伟的身躯看起来就更显庞然了。保安员一瞅这阵势，吓坏了。

离我们站着的地方不远，有个猴子馆。保安员一吓就往猴子馆跑去，他才推门闪进去，罗西卡就全身支在后腿上，扬起的前腿嘣咚一声，霎时间在门上留下了两个尖利的蹄印，哦哟，蹄印还很深哩！难怪，人们以后一见它就立刻退避三舍了——这么厉害，谁敢惹它啊！

第五章 生性妒忌

驼鹿生性妒忌。要是我去爱抚其他的动物，那么它就恶狠狠地，恨不得这就过去给它几脚。

动物园里，我得管理很多四脚朋友。我带罗西卡溜达时，有时也抚摸抚摸别的动物。我向一只驯化了的狼走过去，对它表示一下亲昵。罗西卡本来是经过狮虎馆就胆怯不前的，然而妒忌心占了上风，恨向胆边生，它向狮虎笼冲了过去，扬起前蹄向笼网砸去。狼和罗西卡就隔着铁网彼此虎视眈眈地对峙起来。

秋季里，动物园新来了一头小驼鹿。名字叫瓦西卡。

瓦西卡是一只被驯化了的驼鹿。为了让它不感觉孤单，就把瓦西卡和罗西卡安置到一起，关到同一个圈。

不料，头一天相互不理，第二天还相互不理。两个各吃各的，睡也各占一块地。或许可以这么认为，驼鹿与驼鹿间就是严格地各占一方，死守一方，彼此不能相容的。我对瓦西卡越关心，罗西卡就越不能容忍瓦西卡。以前我只爱抚罗西卡一个，一旦有同类来分享我的爱抚，它就明显地对同类露出一副凶相。

有好几次，瓦西卡要去跟罗西卡搭关系，走近它，伸出头去表示友好，但是罗西卡就死活僵在一边，而且敌对的情绪越来越严重。

有一天，我走进驼鹿圈去。瓦西卡立刻向我跑过来，跑的时候，脚踩过了两个习惯划定的界线。

罗西卡一下像卷起的暴风，呼噜一下飞向瓦西卡，用尖利的蹄子撞击瓦西卡。瓦西卡猝不及防，被撞倒了。我马上过去保护瓦西卡，我大叫起来，几个保安员过来帮我捶罗西卡。罗西卡狂怒得完全失去理智，也就根本不把保安员放在眼里。瓦西卡好容易从地上爬起来。倒霉的瓦西卡一时慌了神，甚至不试着去抵抗了，就躲闪着罗西卡的袭击，叫着求饶。它根本不听瓦西卡求饶的呼叫，直到把瓦西卡赶出圈去，这才罢休。

从这一天起，驼鹿圈里始终保持着一种恐怖的气氛。罗西卡霸占起了两个食槽，霸占着整个圈，三天两头攻击瓦西卡。一旦刮风下雨，罗西卡就把瓦西卡赶出圈去，一旦风和日丽，它又把瓦西卡赶进圈来，不让它出门。

倒霉的瓦西卡啊！它靠自己的力量已经抑制不住罗西卡了。它不敢再向我靠近，它越靠近我，就越成了罗西卡的攻击目标。瓦西卡被罗西卡教训得见我就胆怯地跑开了。

野狼逐鹿记

秋天来到的时候，罗西卡迅速地长大了。它长到跳起来就能跃出圈外了。于是只得把它转移到另外一个圈里去。

这新地方，环境优越多了。这里有草有树，它爱玩就玩，爱运动就运动。不好的是罗西卡的这个栖息地在动物园的另一端，我很少去那里。罗西卡见不到我，感到很不习惯，也很不快活。本来天天见到我的罗西卡，分明感到了寂寞，很想我去看它。

所以，它渴切期盼中忽然见到了我，它那副高兴劲儿就简直难以形容了！罗西卡形影不离地紧跟着我，用它的嘴轻轻地在我身上摩擦，亲热地用它的嘴唇在我脸上摩挲。

结 尾

秋去冬来。冬天，我的儿子病了。我不得不离开工作岗位在家照料。罗西卡因为寂寞而整天在圈里不停地走动，边走边叫。几天后，我接到动物园给我打来的电话，说罗西卡病了，不吃东西了。

我去了动物园。凭着我在雪地走步的声音，罗西卡一下就知道是我来了。它跃起身来，在食槽边去等待我给它带去它喜欢的食物。我走得非常轻悄，并且故意不让它看见，转出了最后一道弯，我看见它一边很快地走近围墙，一边长声地叫唤。

家里病中的孩子，动物园里病中的罗西卡。两头让我很为难。罗西卡一直不吃东西。只有我去了，它才吃一些。它先是向我走来，然后是向食槽走去。罗西卡常常走到前一天与我分别的地方去等我出现。雪地上一个巨大的深坑告诉我，它一直在同一个地方睡觉，而平常走动的小路上平铺的积雪，同时又告诉我它哪儿也没有去。它没有去过一次食槽边。食槽边的雪是新鲜的，没有被踩踏过。

　　罗西卡在饥饿中度过一天又一天。也没有药物可以治疗它。它的两个腹侧凹陷下去，本来光滑的毛如今蓬乱不堪了，连肋骨都凸显出来，一根一根历历可数。

罗西卡日见消瘦。它躺的地方陷下去很深一个坑，小路上脚印也日渐稀少了。

那天，我去看它。罗西卡颤巍巍站起来，四条无力的腿不停地微微摇摆着。它连走到食槽边的力气都没有了。我劝了它好一阵，它才吃了一小块干面包，一块糖它嚼了几嚼又吐了出来，它的嘴唇勉强伸过来，亲了亲我的脸颊，然后又躺下了。

这一天晚上我没有睡着。我的眼前总晃动着罗西卡的身影，一下是快活的，健康的，一下又是我最后一次见它的样子。

第二天我早早起来。我的心绪坏极了，沉重而又郁闷。我一大早来到动物园。

原来躺着罗西卡的地方，已经没有了罗西卡。不再有罗西卡欢欢喜喜地迎我走来，不再有罗西卡因为我的到来而立即高高站起来。

雪花抹去了几乎所有的痕迹，只有罗西卡躺过的地方还明显可见一个大大的凹坑。

罗西卡死去已经有一年了。这一年里，我驯养了过各种各样的动物，而至今却总也忘不了那头黄生生的小驼鹿，它的名叫罗西卡。

向往自由的库泽依

〔俄罗斯〕韦·恰蒲丽娜

库泽依是一只狐狸，腿长、体瘦，就越发显得个头高了。

它的耳朵比一般狐狸要大些，耳朵上端特别尖，眼睛微微有那么点儿斜，所以看起来它的脸就总在笑。库泽依没有一条像模像样的狐狸尾巴，别的狐狸都是蓬蓬松松的，把自己衬饰得很漂亮，而它的尾巴小时候就短了一截，成了短尾巴狐狸。大家叫它"库泽依"，意思也就是"秃尾狐"。但也就因为秃得滑稽，所以给人特别淘气的感觉。

库泽依是一个猎人送到动物园里来的。

库泽依和其他几只狐狸住在同一个笼子里。它不像其他狐狸那样，初来时和其他同类总显得生分，它不是，它一来就跟大伙儿混得很熟。虽说是来到个新地方，但它就像在自己家里一样的不拘束。一只狐狸想来咬它，它灵活地一转身一下抓住了挑衅者的脖颈，狠狠地反咬了一口。从此，这个挑衅者和其他的狐狸就都不敢小看它了。不过，它并不是对谁都很凶，这不，廖尼亚大叔它虽是初见，却像见到老熟人那样亲热。

每每廖尼亚大叔进笼子去，库泽依就前去迎接他——它摇着秃尾巴，

亲切地注视着他，似乎是在等待他来亲它。当然，廖尼亚大叔也挺喜欢库泽依的，扔给它的总是特别拣出来的好肉。库泽依很能适应生活的新变化。它还有一个特点是：它超常地爱自由，能机巧地设法逃出笼子。

库泽依第一次外逃行动，发生在来到动物园大约两个星期以后。饲养员进笼子打扫，发现库泽依不在了。廖尼亚大叔怎么也弄不明白，这库泽依能上哪儿去呢？查查笼子，笼子完好无损的，别的狐狸也都在，就库泽依不见了。好一阵，饲养员才猜出来：笼子里有一棵树，紧挨铁栅栏，它长得比笼顶高许多，树干穿过笼子顶上的一个窟窿伸到外面。库泽依原来是从这个窟窿爬出去的。它爬得巧妙极了：背贴着树。明显的证据是，树干上还留有它的毛呢，爪子抓住笼子的铁丝网，这样像爬楼梯似地爬上去，爬出去，逃走了。

廖尼亚大叔见过的狐狸多了，却没见过有库泽依这样绝顶狡猾的。所以他惊讶得直感叹、直摇头。

"这小畜生，头脑真够灵光的！"他说。

两天后，库泽依被人送回动物园来了。它是被一个男人装在篮子里——篮子上盖着一块手绢——提来的，十几个娃娃跟着他。这些孩子中，有好几个曾被库泽依咬过。因此，当娃娃们看见廖尼亚大叔抱着库泽依，而库泽依根本没有要咬他的意思，甚至廖尼亚大叔揪库泽依耳朵时，它也不咬他，都奇怪得目瞪口呆。

库泽依又被关回了笼子里。不用说，现在笼子顶上的那个窟窿已经堵死了，但是这碍不着它再次逃出去跑掉。

这一次，它是堂而皇之从门口逃走的。廖尼亚大叔刚要走进笼子，库泽依像闪电一样，说时迟那时快，从他两脚之间吱溜一下钻了出去。廖尼亚抬头看时，就只见库泽依摇着秃尾巴，转眼不见了。

动物园派出一大帮人寻找畜生逃亡者，但没有找到库泽依。它早把动物园可以用来逃跑的路径和出口摸得了如指掌了。既然这样，大家就认为，这次库泽依是再也找不到了，于是就把它从动物名册上除名了。

又过了好几天。

忽然这个池塘那个池塘都先后发现有野鸭子失踪。按足迹判断是谁拖走了野鸭子，已经办不到了，因为周围的积雪都已经被人踩过了。

夜贼是无意中被发现的。

有一天，廖尼亚大叔早晨来上班时，发现笼子里的狐狸们有些异常。它们全都挤在铁栅栏旁边，争先恐后地你推我攘，只只都要把爪子伸到栅栏外头去，想从积雪里抓出什么东西来。廖尼亚大叔走过去一看……积雪下支棱出一只野鸭子的两条腿来。"这是不是昨天夜里水池里失踪的那只野鸭子呢？"廖尼亚大叔心里琢磨着。他拎起野鸭子拿去交给主任。主任翻来覆去仔细看了一阵，这不正是昨天夜里丢失的那只吗！可以肯定，野鸭子是被狐狸咬死的。所有的疑点都集中到了库泽依身上。不久猜测被证实了。

有一天，水池边雪地上发现有一串凹坑，分明是狐狸的脚印。于是，又重新来找库泽依。但是要找这只逃狐绝非易事。它这会儿躲在哪里，谁也不知道。找遍了所有库泽依可能去的地方，都没有它的踪迹。园方把猎犬用上了，把捕兽器也用上了，以至于通宵盯梢，却全都一无所获。然而，水塘里每天都有它咬死的水禽。

后来库泽依自己回来了。事情很简单：早晨，饲养员去打扫笼子时，库泽依已经在笼子旁边亲热地迎接他了，好像什么事也不曾发生过似的。

事情不难想明白，它是过厌了生活一无保障的日子，所以它就决定自己回来了。廖尼亚大叔打开笼门的时候，它已经迫不及待地在他脚边转来转去。库泽依的认罪表现立刻让他心生慈悲，当即原谅了它全部的过错，包括咬死野鸭子和各种水禽。

库泽依刚回来那几天，表现得蛮好的，不打架，也没有再想逃跑的迹象。不料，它也只是想暂时休整一些日子罢了。不久，它又用新的办法逃了出去——挖开铁丝网下面的泥地，钻了出去。笼子里的狐狸都尾随它溜了。不过，别的狐狸很快都找到了，就库泽依找不到。

几天以后，它在动物园新区的熊笼里被找到了。

不难看出，它是意外掉进熊笼里去的。它没有看清楚熊笼和观众隔开的地方有一条宽而深的沟，所以一下掉了进去。我们赶到那里时，只见那里有三头熊正对它围追堵截。熊笼很大很宽，库泽依很容易躲开熊，但它故意逗弄它们：它模仿熊的动作，从容灵活地躲闪，不让它们碰到自己。有时候，它还来得及悠闲地坐上一小会儿，待熊跑近了，又突然钻到熊的肚皮底下，从那里溜之大吉。

有一回，库泽依差点儿被熊抓住。两头熊从不同方向朝狐狸堵过来。一头熊挥掌要拍它，眼看库泽依就要完蛋了，可是机敏的狐狸在熊掌底下巧妙地一闪身，从熊身后跳了出去。这样，两头熊刚巧头头相撞，它们于是厮打起来，彼此朝对方的腹侧连连击掌，过后又失魂落魄地去寻找挑逗它们打架的小冤家出气。

我们一会儿靠近，一会儿走开，这样来回好几次，而三头熊却还在追堵库泽依。它们被狐狸弄得精疲力竭，它们呼哈呼哈的喘息声连站在沟这边的我们都听得清清楚楚。而狐狸在继续逗弄它们——一会儿从毛茸茸的胸背上跳过去，一会儿钻到熊肚子底下，接着像什么事儿也没有发生过似的溜向一边。

折腾到后来，熊因为追逐无果而困乏得不能动弹，也就只好认输了。

这是一个艳阳如火的日子，筋疲力尽的熊爬到阴凉的水池里去泡水。它们开心地击水，快乐地打滚，忽而仰躺在水上，忽而潜进水里。它们全然忘记了在一旁的库泽依。饲养员端来肉食的时候，三只熊猛地从水里爬了出来，各自回到了自己进餐的位置，吃起肉来。它们吃得正香的时候，本来在一旁的库泽依来了。明摆着的，它不吃上一顿是不会走的。它毫不犹豫地向头熊走去。

熊先是根本没理会这只恬不知耻的狐狸，但库泽依一会儿从一旁跑过来，一会儿在熊鼻子底下转来转去，从熊嘴边哪怕撕到一小块肉也好。而熊是有名贪馋的野兽啊，它们是绝对不会把嘴边的东西拿出一点点来同不速之客分享的。所以它们吼叫着威胁狐狸，一面用脚掌挡着肉，一面用屁股顶着库泽依，想把它推开。这位客人眼看用正当办法弄不到肉吃，就瞅准时机，过去突然抓了一下主人的后脚掌。这下可就热闹了！那位被激怒了的熊主人，不知道是谁抓了它，就火冒三丈，扑向旁边一头熊。接下来的场面可想而知，本来分成一份份的肉，现在都弄乱了，于是熊跟熊打成一团，库泽依趁机蹲在一旁的石头上，不慌不忙地把一大块肉吃了个精光。

熊实在厮打得不可开交，就不得不点燃一种有声无伤的炸药。动物们

没有不害怕这种炸药的爆响声的。熊们听见突如其来的轰隆声，马上跑进笼子里去躲起来。饲养员就把门锁上，然后拿起捕兽网捕捉库泽依。喔唷，可费劲了！难怪三头熊追了它半天都没追到它。每次饲养员挥网捕捉库泽依时，它都一下子就巧妙地闪开，或逃到壁立的岩石下，让捕兽网施展不开，接着再从饲养员的头上跳过去。

万般无奈，大家只好去请廖尼亚大叔来。库泽依立刻认出来人是廖尼亚大叔，就跑到他身边，服服帖帖地让他托在手上。

廖尼亚大叔是懂动物心思的，他说："唉，库泽依，库泽依，看得出，你是嫌我们这里的笼子小了！你太爱自由了！"

他于是请求主人把这只不安分的狐狸送到宽大些的笼子里去。他打心底里愿意聪明透顶的库泽依就住在自己管理的笼子里，但是没有办法啊，它这一次次的逃跑，惹来的麻烦真是太多了！

库泽依的新笼子既结实又宽敞。它被放在小动物饲养场里，饲养场四周围起了高高的带檐的铁栅栏。好了，这下库泽依想逃也逃不了了。这个饲养场是专门给动物溜达用的，但是谁也不敢把库泽依放出来溜达。

生性酷爱自由的库泽依被关在笼子里，天天感到孤单，时时觉得寂寞。每当别的动物进饲养场时，它也想到里面自由自由。它尖叫着，连东西也不想吃了。于是大家反倒可怜起它来了。

"说实在的，咱们为什么不放它到饲养场里去呢？"新来的饲养员塔尼娅说。

我们同她争辩了好久，说她不了解库泽依的脾性，可塔尼娅还是坚持要把库泽依放到饲养场里去，让它可以在那里自由地溜达，散心。

反反复复几番争辩下来，最后决定放库泽依出来。

门开了，库泽依悠悠然走出笼子，仿佛它从来就没有被关过，自由散步是惯常如此的。

它向铁栅栏走去。大家马上猜到狐狸这是要干什么了。这，从它绅士般的步态和脸上的表情就可以看出来。库泽依跑到饲养场的一个角落里，轻轻一纵身，跃向高处，刹那间跳到了栅栏的檐上。

栅栏外面有很多人。人们看见檐上的狐狸，都不胜好奇，就咿里哇啦地喊叫起来，挥动手臂，想吓跑它。但是库泽依并不害怕。它全然不顾人多势众，毅然往人群里跳将下去，没等人动手围堵追抓，它就已经从人群里钻了出去，往动物园的大路上跑了。

大家拔腿跑去追它，塔尼娅自然是奋勇在前。有好几次，她都几乎要追上库泽依，要抓住库泽依了。其实，这不是因为库泽依跑得慢，而是它看出塔尼娅根本追不上自己，就故意放慢了逃跑的脚步。

他们一直追到墙脚根。这时……这时库泽依突然一转身，摇了摇秃尾巴，钻进了细得几乎看不见的一条墙缝里。从那以后，再没有人见过它。

这就是酷爱自由生活的库泽依的最后一次逃跑。

白熊名叫封卡

〔俄罗斯〕韦·恰蒲丽娜

第一章 飞机上的四脚乘客

封卡运到莫斯科来，不是乘火车，不是乘轮船，而是乘的飞机。起航地是科泰尔岛。把封卡送到莫斯科来的飞机驾驶员是有名的飞行员伊利亚·帕夫洛维奇·马祖鲁克。这是极地科泰尔岛的居民因为伊利亚·帕夫洛维奇的功勋而赠送给他的礼物。帕夫洛维奇决定把这头白熊亲自送给莫斯科动物园。

小熊封卡是装在一个大箱子里搬上飞机的。大箱子三面是用结实的粗木条钉成，外面再蒙上铁线网。封卡坐在里面起先很安静。但是，飞机还没有离地，封卡就拿牙齿和爪子撕扯铁线网，边扯边叫，噢呜，噢呜，声音震天价响，连飞机马达的响声都被压得听不见了。

安抚的工作做了不少，它还是吼叫不止。把海豹肉、鱼肉和其他熊爱吃的肉一块一块扔进箱子里去，还是没用。小熊的喉咙已经嘶哑了，可还在吼，在嚎，噢呜，噢呜。于是决定敞开笼子，把它从笼子里放出来。

　　封卡从笼子里走出来，它似乎觉得四周都隐伏着险情，所以总是怯生生的害怕什么。它小心翼翼地东张西望，在机舱绕了一圈，到处闻到处嗅，什么都看看，什么都瞅瞅，然后爬上一张巨大的皮安乐椅，从这个座位上可以透过窗口看外面。皮安乐椅它最喜欢。封卡在里面躺了下来，吃也在座位上，整个航程几乎都在皮安乐椅上躺着。飞机在中途站停下的时候，就放它出来走走。飞机降落在地面的时候，它好像知道停下来了，就忙不迭地从安乐椅上跳起来，走到门口去。机舱门一打开，它就忙不迭蹦出去，它一个跟斗从梯子上翻了下去，一落地就玩起来。封卡没有被拴上链子，自己在机场的草地上摇摇晃晃地走动，一个接一个做着前滚翻和侧滚翻，一会儿又抓着自己的一只后腿抱在怀里，接着又自己跟自己打斗。

　　它自得其乐，玩得这样起劲，连人们在四周围着它看，它也不知道。好在，尽管它玩得陶醉，但只要有人喊一声"上飞机啰！"或是螺旋桨转动起来，它就立刻停止游玩，用熊的方式蹦跳着跑向了飞机。

　　它笨笨拙拙上梯子的样子很滑稽，可还是头一个进了机舱，它是怕落大家后面哩。

　　极地小熊封卡就这样被送到了莫斯科。

　　伊利亚·帕夫洛维奇决定把封卡关在莫斯科自己的家里。啊呀，真亏他想得出！试想一头极地白熊，披着一身厚厚的茸毛，裹着一身暖和的皮袄，在热烘烘的暖气房里，极地熊需得在冰水里洗澡，而且不满足这个条件它就不自在，不能过活。而这只白熊还不是从远北捕来的，是从常年冰冻的辽阔地带逮得的，在莫斯科的市中心，在供暖设备完备的房间里，它可遭罪了！

　　封卡热得实在受不了。唯一救它的办法是把它塞进浴缸里，把冰冷的

自来水龙头开满，哗哗哗地冲，让它四脚在里面扑腾、拍打、潜水。

偌大的极地熊，在浴缸里游水，水花高高溅起，弄得整片地板都是水，整个浴室都水汪汪的，像灌入了暴发的洪水。

封卡游够了冷水，从浴缸里爬出来，浑身湿淋淋的，像走在冰板似的在地板上摇摆着身子，晃过来，晃过去。这还不算，它还要爬上沙发，跳上床，淋得沙发和床满是水滴。拿它有什么办法！伊利亚·帕夫洛维奇忍呀，忍呀，忍到无力再忍，无能再忍的时候，他拨通了动物园的电话，向他们求助，希望他们来把极地熊从他家带走："求求你们来运走！求求你们来救救我！我对付不了从极地运来的白熊了！"

动物园派我接封卡。

我赶到市中心帕夫洛维奇家，封卡正睡觉。它躺在一个大房间的地板上，四条腿向四方叉开，活像是一方白花花的地毯。

封卡睡得很沉，我扯动它的脚，它都没有醒过来。

它被抬到了楼下，在外面站着的一位老奶奶说："天哪！太不可想象了，竟从楼上抬下来一头熊！"

封卡踢腾着，挣扎着……不过，它到底还是被抬到了一辆靠在林荫道边的汽车旁。它以为这又是要上飞机哩。四个人抬着四条熊腿，扳着，揪着，要把它塞进车的时候，车里本来坐着许多乘客。他们一见要抬上来的是一头大熊，就吓得拔腿而起，纷纷从另一道门跳了出去，边逃边咦里哇啦地叫。封卡听见乘客们的惊叫声，就更害怕了。那尖叫声简直跟宰它似的！它蹬踏着四腿，那样子可吓人了！车门终于抵挡不住熊腿的蹬踏，洞开了。我还来不及嘘一口气，熊已经被抬到了汽车座位上。它坐着，平静下来。

封卡倒是平静下来了，而车主却依旧嚷嚷着，骂骂咧咧的，要求我们赶快把熊弄下车去。说得轻巧！弄下去，要是它不想下去呢？我把熊拽下车，而它死活撑着，死活叫着，死活抓着，死活不肯下车。

街上的警察听到这喧嚣声，就过来维持秩序，他听了大家向他说明后，这样说："公民们，这样吵吵有什么用！与其吵吵白费劲，不如大家上去，一起同心协力把熊送到动物园去！"

警察的话真管用。车主沉静下来，还好声好气地让我赶快上车。大家一致认为该把熊先送进动物园去。万不料事情还没那么顺利，车主同意，乘客同意，司机却不同意，他怎么也不同意送熊，不同意拉这头大畜生。

好在，后来司机好赖还是同意了。

封卡一路上稳稳坐着，透过车窗目不转睛地看街景，路旁的行人都驻足看稀奇，一直看着我们把白熊运走。

我们顺利地把封卡运到了动物园。不出所料，封卡不愿意下车，不肯从汽车里出来。正为难呢，动物园的技术员赶过来帮忙了。他抓住了一个好时机，一把揪住了封卡的后脖颈，一使劲，把它塞进了笼子。

第二章　是不是病了

在新地方，封卡一点没有因为陌生而惶惑不安。它绕着笼子走了一圈又一圈，把笼子闻闻，然后钻进小屋，就一下不见了。封卡睡着的时候，年轻的饲养员卡佳阿姨就为它准备醒来以后的吃的了。我们一切都悄悄地进行，不让游人看到；现在我们只要让它能吃得可口一些，把它的体格养得健壮些。

我们最后为它选定的食物是牛奶煮粥，再给它吃一块海豹油，卡佳阿姨还决定给它吃些自己吃的嫩胡萝卜和苹果。

总而言之，我们为它准备好了营养丰富的食品，就等封卡醒来用餐了。我们要让它看看，它的头一顿午餐有多么体面！我们首先由实习生丽帕给它端上一汤盆粥，当封卡转头来闻她端来的奶粥时，卡佳阿姨又为它摆上了胡萝卜和苹果，还变戏法似的从口袋里掏出一张饼子。可让人想不到的是，封卡对这些美味食品根本不理会。它站在食槽边，用热切的目光看着我。我开了门，看见我手里的海豹油，它的大熊爪子就像张开的水母似的，刷一下伸过来。丽帕、卡佳和我都以为它要吃海豹油了。却不料我们猜错了。白熊贪婪地抓起海豹油，一下把它摔了开去。于是我们就把给动物准备的食物统统都搬了出来，挑选最好吃的摆到封卡面前。

可这也于事无补。封卡把它们都嗅了一遍，拨动了一下，却什么也没有吃。起先，我们以为它肚子正饱着，可是到黄昏时分，它饿得可着喉咙大叫了起来，而又什么也不吃。是不是病了？我们把医生请了来。医生来了。他看了看白熊的整体状况，它一个劲儿就像狂风袭来时那样吼叫着，弄得医生连靠近都不敢，不过看起来白熊不像是生病。这下谁也拿不出办法了。白熊这表现究竟是怎么回事呢？大家一致的意见是等到明天再说。

封卡无休无止地嚎了一夜，而到早上它还是什么也不吃。我们只好去找伊利亚·帕夫洛维奇。也说不定是封卡想念自己原先的主人吧？

伊利亚·帕夫洛维奇对我们和我们的工作充满敬意。他急切地问起封

卡的事，他的殷切之情使我们简直不好意思诉说我们的苦恼，怕他一下承受不了。但我们还是不能不说出封卡终日嚎叫、不肯进食。伊利亚·帕夫洛维奇认真听完了我们的叙述，他忽然笑了。这时电话响了。伊利亚·帕夫洛维奇有急事要外出。他答应到动物园去看看，就驱车走了。

伊利亚·帕夫洛维奇很遵守自己许下的诺言。近黄昏时，他驱车匆匆赶来了。他手里提着一只不大的手提箱，直接来到封卡的笼子里。箱子里装着什么，我们不得而知。伊利亚·帕夫洛维奇把手提箱一放，说他这就能把封卡的毛病治好，说着从箱子里拿出一把大折刀。我们无不感到莫名的惊异，忍不住问他拿刀干什么，劝他，如果要动手术，那么最好还是去请医生来。

然而，伊利亚·帕夫洛维奇只是让人很费解地笑了笑，随手打开箱子，从里头取出一听罐头，罐头上印着："浓缩牛奶"。伊利亚·帕夫洛维奇用刀子撬开了罐头，递给封卡。封卡用前爪贪馋地抓过去，有滋有味地卷着红彤彤的长舌舔起来，直到把罐头舔得干干净净，不一会儿，它就变得容光焕发，似乎每根毛都焕发出油光来。

封卡舔食奶浆时，伊利亚·帕夫洛维奇对我们讲着封卡不吃东西的原因。秘密在于小熊在飞机上只喝浓缩牛奶，它喝多了，不自觉就习惯了，就拒食其他食品了。

从那以后，我们为了让封卡摆脱对浓缩牛奶的依赖，花了不少气力。它就是不吃浓缩牛奶以外的东西，我们不得不在其他的食物中添加些浓缩牛奶，粥里加，汤里加，甚至海豹油里也加。我们就这样一天天慢慢教会封卡吃其他的食物，偏食的毛病没有了，它也就恢复成了一头普通的白熊，吃的也是普通白熊吃的食物。

第三章 封卡和伙伴

我们很快就把封卡放到空旷些的场地去。开始只有它一只幼兽，但是封卡不会自娱自乐，它从这个角落游荡到那个角落，老因为没有玩伴而打哼哼，慨叹它的寂寞。于是我们就让它同其他幼年野生动物认识。我们在场地里放入小狐狸、小熊、狼崽、小浣熊。它们玩熟了之后，再把封卡放进去和它们一起玩。

封卡从笼子里走出来，那副样子仿佛它谁也没看见，管自哼哼着，管自低着个脑袋，咪咪小的眼睛里潜藏着阴鸷、凶险和不信任，分明是什么它都不在乎，谁它都不在乎。场里玩着的动物一下看见了它，但依旧各玩各的：小狼揪自己的尾巴玩，随后看看四周，走到一边去；小浣熊则竖起毛来，因为它们都胖得像个圆球；几只猪獾很快走了开去，躲得看不见身影了。吓得最厉害的数棕熊，它们像接到命令似的，用两只后腿站起来，瞪大它们的小眼睛，久久地看着这头陌生的小熊。封卡向它们走去，它们都吓得吼叫起来，转身逃开时，你撞着我，我踩着你，不一会儿都哧哧溜溜地蹿上了树梢。

场地上的动物见封卡走来，最无所畏惧的是小狐狸和澳洲小野狼。它们从封卡的脑袋边擦过，而当封卡要去抓它们的时候，它们又机灵地绕开了，叫封卡接连扑空。

　　总而言之一句话，不管场地上有多少幼兽在玩，封卡还是孤单单的独自一个。

　　于是我们放进去小老虎。大家叫它孤儿。因为它从小就没有受过母亲的照料，所以大家就这样叫它。

　　大家都害怕孤儿的凶猛和利爪，谁都躲避它，让它三分。

　　但是封卡也会认可这凶猛和利爪吗？不等我们把孤儿放进场地，封卡就立刻向孤儿冲来。孤儿对这个同样凶猛的家伙呜呜呜低声怒吼着，边吼叫边抬起爪子，发出警告。但是小熊不懂得小虎的语言。封卡照样冲过去，说时迟那时快，啪的一下，孤儿扇了它一巴掌，扇得它一时立足不稳，差点儿倒了下去。

　　小虎这一下马威顿时激怒了封卡。怒火万丈的封卡低下头，下巴触地，吼叫着向欺辱它的孤儿扑过去。

　　我们听声音不对头，赶快跑过去，这时它们已打成一团，分不清哪是小虎、哪是小熊了。它们彼此搅缠在一起，呜噜呜噜，呼噜呼噜，两个沿着地面滚过来翻过去，白毛和红毛成撮成撮、成绺成绺地飞起来，扬向四方。我们要过去拆开它们太难了。我们只好把它们各关各的笼子，过几天再试试放出来。

　　我们得随时注意对它们的监管，然而我们的忧虑和防范完全徒劳。它们互相权衡对方的实力，看来是谁也拿不下谁，就开始互尊互敬地相处起来，我认你的强大，你认我的强大，大家互不冲犯。它们相遇时，封卡对孤儿退避三舍，孤儿不拿它的利爪对小熊轻举妄动。

　　别的小兽对封卡也开始敬畏几分。只有别的性格狂躁的小熊会偶尔对它发动偷袭，小狼和小浣熊则从不去冒犯它。封卡也没有兴趣同它们打斗。它爱去追逐小狐狸和澳洲野犬，爱去扑击小熊们，因为它比它们显然要强有力得多，所以往往能一举将它们拿下。封卡喜欢同势均力敌的对手较量，这样的对手就孤儿一个。它显然也以为只有封卡可以跟自己比个高下。

小兽之间的认识需要时间，得有个过程。在嬉戏打闹中，它们就都逐渐彼此相识了，过了两周，它们就都成了朋友了。

它们一天到晚在一起玩耍。观察它们的嬉戏非常有意思。孤儿喜欢躲在暗处，然后突然蹿出来对别个进行攻击。有一次，封卡正走着，孤儿猛一下从隐蔽处冲出来，揪住封卡的脖子，啪——啪，扇了两个耳光之后，自己跑了。而封卡则相反，喜欢面对面打斗，比输赢。它用它强有力的爪子把孤儿抓将过来，让孤儿两肩着地。仰天的孤儿很难挣脱大个子熊的拥抱，不过暗红条纹的猛兽还是不屈服：蹬出它的利爪，抓扒封卡的胸脯，力求从熊的拥抱中挣脱。到幼兽场地来观看两头猛兽争斗的人越来越多。我们园有这样的专门爱好者，哪里有猛兽争斗就奔往那里去看稀罕。

通常，它们的争斗都难分胜负，不了了之。有一次，两个扭打起来，孤儿被小熊推进了水里，从那以后，孤儿就厌倦了与粗笨小熊的打斗了。封卡坐着，在那里乘凉，孤儿在它周围一圈一圈地转。转到后来，再也克制不住，就纵身一跳，扑向封卡！两个都没有站稳，一起滚进了水池里。到水里，小虎的灵动的优势就发挥不了。小熊一下把孤儿按倒在自己身下，小虎在水里只顾挣扎，差点儿淹死在水里。浑身湿透了的孤儿吓得魂不附体，好不容易从熊的怀抱里脱身，就萎蔫蔫地赶快溜进了自己的笼子。从这以后，孤儿见封卡坐在场地游泳池旁，它就不再去自寻倒霉，避开封卡，往另外

野狼逐鹿记

地方走去。

可是，这样要命的事件也没有妨碍它们之间的友谊，它们依旧在一起打打闹闹，一同嬉戏，一同玩耍。

第四章 封卡变得危险了

夏去秋来，封卡变得简直让人认不出它就是以前的那头小熊了。它跟场地上活动的别样动物倒依旧是相处得很好，不欺负弱小，同孤儿也仍是朋友，可跟人的关系却越变越差，越变越恶劣了。过去挺听话的，而如今连卡佳阿姨的吩咐它也当成耳边风了。

可怜的卡佳阿姨啊！要是封卡不想进笼子，她就不得不要点小手腕，让封卡自己乖乖走进笼子里去。

对一般的幼兽来说，往笼子里扔一听牛奶罐头就能解决问题。就是没有罐头，搁上点其他的美食，它们一下就会被诱入笼中。但是封卡不同，一般的食物忽悠不了它。它的胃一天到晚都被食物装得满满的，时时刻刻都像皮鼓一样。它很容易得到额外的食物，常常是为一点小小的缘故，譬如说为了让它走到树篱旁边，譬如说为了让它进食，都得拿好吃的东西引诱它。封卡见到好吃的，立刻就吃掉。总之，对付封卡，为了一小点缘故就不惜以美食相诱，这样一来，它每天都吃得饱饱的，而为了让它进笼子，就往往得让它吃没有见到过的美味食品。

卡佳阿姨发现了它的这个弱点，就想利用这个弱点来摆布它。她往笼子里放一块头巾，放一件短上衣，或者别的什么东西。反正是封卡感觉新奇的东西，能引起它兴趣的东西，它过去碰一碰，拿起来看一看。有时按它的兴致，也许会看得很长久，很仔细，一切都要由着封卡高兴。有时它会进得很快。这时，卡佳阿姨就手脚敏捷地从它的鼻子底下把头巾、上衣之类的东西飞快拿出来，转身逃出笼子，嘣一下把门关上。但并不是每次都能遂心如意。有时卡佳阿姨会来不及取出忽悠它的东西，这时封卡就按自己的方式修理她了。

可是聪明的封卡很快就看穿了卡佳阿姨的把戏。对付正在长大的封卡，卡佳阿姨是一天比一天困难了。在一次咬伤了值班人员的事件发生以后，园里决定把它转移到兽岛去。我们都舍不得它离开我们，但是没有办法——在幼兽场地，它对人的威胁太大了。

兽岛的兽圈要宽大得多，池塘面积也要开阔得多。在那里，幼兽们可以自由跑动，自由玩耍，自由戏水。就让封卡安置到那里去。

封卡对这个陌生地非常害怕。它在圈里奔跑，在圈里吼叫，但不能走出圈外去。于是封卡趴在一个角落里，连吃食也不想出来。幼兽场地上有许多它的玩伴，在它们中间它不寂寞。在岛上，它非常孤单。它在圈里徘徊，因为没有玩伴，它也就停止戏耍。很快运来了一头新的小熊，放进了封卡所在的岛里，它比封卡要小得多，但它倒是不碰它。它亲柔地嗅着小熊，它们一起下水游戏，傍晚，它就紧紧搂起小熊睡觉了。

封卡沉静下来，不再感到寂寞了。它和新来的小白熊一同生活得十分快乐。

猫鼠怎样成一家

〔俄罗斯〕韦·恰蒲丽娜

　　谁不知道猫和老鼠是死对头呀！过去我也是这样认为的。但是自从一只家猫的故事发生以后，我不得不改变我的看法。

　　一部科教片里需要一些猫鼠结谊的镜头。孩子们给我们送来了各种各样的猫，但都不太适合片子的要求，有的是毛色太浅了，而有的却是毛色太深了。我们费了许多周折才找到了一只毛色符合要求的猫。其实它只不过是一只很普通的家猫——毛色暗红中略带些灰，就像我们见过的老虎那样，背部、双腿都有显眼夺目的横纹，碧亮碧亮的眼睛炯炯有神。导演一眼就看中了，他苦苦寻找的恰恰就是这样的猫。但是他似乎高兴得太早了。猫是一个小鬼送来的，而猫的真正主人却是一个妇人，她怎么也不愿意宝贝猫离开她。这猫还带着一窝崽。

　　导演急坏了。他愿意为这只猫向她支付相当一笔钱，希望她能把猫借出来用些日子，并且答应拍完片子就还给她。

　　"您这猫的毛色非常适合片子的需要。"导演努力说服妇人，"我们也就是拍些猫和老鼠交朋友的镜头，拍完就马上送回来给您。"

"跟老鼠交朋友？"女主人十分诧异，"就为这一点，我都不能给你们。我这猫可是个名副其实的捕鼠能手呢。它除了捉光我们家的老鼠，还把邻居家的老鼠也统统捉了。你们倒好，要我的猫去同老鼠交朋友！它不把那些老鼠都吃光了才怪呢！"

像女主人说的，这猫这样会抓老鼠，那么拿来做演员的老鼠都得完蛋。虽然我不是头一次拿小野物去同猫、狗合拍镜头，但把大老鼠直接放到以擅长捕鼠而闻名遐迩的猫面前，我还没有尝试过。我也对导演说，别要这猫了吧，咱们另找一只，然而他就坚持非要这猫不可。他就认定这猫了。

于是，这捕鼠能手大大小小一家都被送进了动物园。

拍片子的人当中，有一个叫这猫"祖宰卡里哈"。为什么拿这个名字唤猫，谁也不作解释。从此这猫就叫祖宰卡里哈。

动物园把这猫家族安顿在一个专门的笼子里。

祖宰卡里哈在新环境里，起先表现得烦躁不安。它不停地在笼子里走来走去，始终喵呜喵呜叫着，寻找可以逃跑的出口。它叫累了，就沉静下来，紧挨着自己的小猫崽躺了下来。

过了几天，老鼠运到了。这些老鼠应该可以分散些猫妈妈的注意力。

这些老鼠着实小呢，眼都还没有睁开，绒毛还才勉强长全。

它们挤缩成一团，在我的手掌心里蠕蠕地爬动。我站在祖宰卡里哈笼子边想：它不会对这些小东西无动于衷吧？我走进了它的笼子，它一下敏锐地嗅到老鼠的气味。它立刻站起来，绕着我的脚一圈又一圈地转，老往我手上爬。它如此渴切地想吃到老鼠，使我想到我手心里这老鼠很快就要保不住了。

野狼逐鹿记

这让我们不得不另想办法了。

我们把祖宰卡里哈放到一只箱子里，挪到另一间屋子里去，而把小老鼠同小猫放在另一只箱子里。我们故意让它们彼此看得见却又接触不了。我想："你去馋，你馋的东西就和你的孩子混在一起呢！"再说，小老鼠的气味也已经和小猫的气味搅在一起，小老鼠身上也有小猫气味了。

我的算计看来没有错。猫妈妈直着嗓门叫啊叫啊，叫了几个钟头，到傍晚时分却上演了这样一曲三声协奏，让我不知道该怎么描写好——猫妈妈扒抓箱壁的同时，不停地在那里大声怒喝，它的孩子也吱吱、吱吱可怜巴巴地叫着；而混在小猫中间的小老鼠却一个劲儿蠕动着，在那里苦苦寻找它们的鼠妈妈。

当我感觉时机成熟，可以把祖宰卡里哈放出木箱的时候，它先是迟疑着、犹豫着扑向小猫，一下躺卧在自己的孩子身旁，全然不顾小猫身边就爬着小老鼠。接着带着享到天伦之乐的满足感，伸直了身子、伸直了腿，带着享到了天伦之福的满足感闭上眼睛，呼呼地打开了鼾。这是让小老鼠去吮吸猫妈妈的乳汁的最佳时机。我轻轻地快速将小猫都挪开，安置到另外一个地方，而把小老鼠搬到妈妈的乳头旁。我把这一切都做得很小心，一点不惊动酣睡中的大猫，所以猫妈妈也就没发觉它的孩子已经被临时调开了。现在爬动在猫妈妈身边的都是小老鼠了。而小猫则由卡佳阿姨在给它们喂奶。

猫鼠的和平生活就这样开始了。

虽然这鼠是大种鼠，可样子确实与小猫很不相同的，然而"名副其实的捕鼠能手"对它们的呵护却跟呵护它自己的孩子们一样，它温暖它们，让它们不受风寒，它喂它们奶吃，甚至当小东西们面临危险的时刻，还起

而保卫它们。

有一天，祖宰卡里哈和小老鼠的住地闯进来一只猫。

这位猫客个头魁硕，通身漆黑，从嘴边支棱出两大蓬胡子，头上有一块很显眼的疤痕。猫客注视着祖宰卡里哈的窝。但祖宰卡里哈不允许猫客在它床榻边停留，它毫不犹豫地冲过去，卫护它这个特殊家庭的安宁。猫客还什么头脑也摸不着的时候，它已经雨点般的遭了猫妈妈的一顿狠揍。晕头转向的猫客起初还试图进行自卫，后来它发现自己根本不是猫妈妈的对手，就灰溜溜地撤退了。它拖着尾巴，向售货亭方向落荒而逃，生怕被震怒中的母猫再一顿毒打，而我则直忍不住笑，导演跑着指挥抓拍，摄影师成功地捕捉着这天上掉下来的好镜头。

不过要追上母猫是办不到的。他们只拍到了被母猫赶出去的猫客，狼狈地钻到了倒塌的标语牌下，和得胜归来的祖宰卡里哈欣慰的神情。猫妈妈嗅着小老鼠，确信它们都没有受到伤害，就安然地在小老鼠身旁躺了下来。它自己呼呼地打着鼾，任养子们吮吸它的乳汁。它这副温柔的样子，简直很难想象刚才发疯似的奋起捍卫小老鼠的就是它！

小老鼠长大一些以后，它们就被和母猫一起嵌入了另一个笼子，那里方便游览者观看。

每天这个笼子旁总人挤人，成了动物园人气最旺的地方。大家都想看看这有违常情的奇观。若到那笼子旁去听听，那么说什么的都有：有的说这母猫准是中了邪了，有的说母猫的牙齿准已经被撬光了……但是他们看见母猫为照料小老鼠而张开嘴时，大家又明明看见了尖尖的猫牙是完好无损的。

母猫的女主人乘车赶来。她想要回她的猫。但是她没有带走。她看到她往昔心爱的猫在这样尽心地呵护小老鼠，她绝望地甩了一下手说："噢，你们把我的猫给毁了！它原来可是一只名副其实的捕鼠能手啊！"

而"名副其实的捕鼠能手"躺在阳光下，它的身边蹲着许多小老鼠。经我们一再安慰伤心的女主人，说它只是不咬自己奶大的老鼠，而不是它奶大的，它是照样会照样去追捕、去咬吃的。但她瞅了一阵猫呵护老鼠的情景后，觉得说话的人自己也不会相信自己说的。

可是我们的怀疑是多余的。有一次我们把祖宰卡里哈放出笼子去，让它自己走动走动。它先是贴着笼子走，后来，突然消失了。我们怕起来，以为它跑掉了。可过了不久，祖宰卡里哈回来了，它嘴里叼着一只被它咬死的大老鼠。

祖宰卡里哈神气活现的走近笼子。进了笼子，它想尽办法耐心地把自己的猎获物给了小老鼠。

我怀着莫大的兴趣观察着猫怎样抚弄自己的养子。它高高翘起自己的尾巴，将小老鼠一只一只捉住，一会儿放任它们跑动，一会儿像抛小球似的将它们抛起来，一会儿叼在嘴里，像是准备把它们吃掉。游览的人们担心起来，而猫呜呜叫着，给小老鼠舔起被弄乱了的毛。

它们几乎整个夏天都在一起，直到有一天饲养员忘了关好笼门，老鼠们才跑掉。

于是喧嚣声顿然腾起，震耳欲聋！猫没命地叫，在笼子里没命地跑，四处寻找它的小老鼠，而小老鼠则溜到了地板下，躲在里面不出来。我们想从地板缝里钻进去捉它们，可就是做不到。于是我们把猫放出去捉溜走的小老鼠，让它自己去把养子们一一捉住。我们还来不及打开门，猫就冲

出来，钻进了小老鼠们躲藏的角落。它蹲伏着，等待着，尾巴尖儿不停地微微颤动。我躲在一边看，看这场逃跑和追捕的戏会是一个什么结果。"要是，"我想，"我不能从猫嘴里及时夺下小老鼠来，我还在这里等什么呢？"我这么想着，就坐了下来，进行连环等待：猫等老鼠，我等猫。我向猫走去……见鬼了，我能来得及救助小老鼠吗？猫一下就能从我手里挣脱，转眼间跑回笼子去。猫恨不得马上抓到老鼠。"完了，"我想，"没戏了，猫会一口一只把老鼠都吃掉的。"但是当真实的情景出现在我面前时，我简直不敢相信我自己的眼睛了。祖宰卡里哈转了一圈，又转了一圈，转着转着，它忽然躺下，竟给小老鼠喂起奶来了！它躺在那儿，舔着小老鼠！它一边舔着，一边瞅着，像是怕谁从它怀里夺走爱子似的。喂过一只小老鼠以后，猫的情绪好多了，它接着去找第二只喂，而第二只就是不出来，于是它又蹲伏着，又守候着，但是我现在已经不用再为小老鼠的命运担惊受怕了，因为我知道，它不会让自己的养子受任何委屈的。

　　傍晚，猫把溜掉的小老鼠都一一捉住了，就差一只。这只小老鼠特别胆小，不敢从洞里出来。但是到半夜里，当大家都回去以后，它拼命咬笼子，想回到家里。

　　现在四只小老鼠只剩三只了。

　　祖宰卡里哈就和三只小老鼠生活在一起。在寒冷的冬天，一到夜色渐浓，猫就把老鼠搂在怀里，让它们在自己怀里感受温暖，让它们分享自己的乳汁。我不知道还有没有比这更亲密的家庭。如今，要是有人对我说，猫和老鼠是死对头，那么我还知道，这敌人也是可以转变而成朋友的。

第13号鸟屋

〔俄罗斯〕韦·恰蒲丽娜

刚建鹦鹉大笼那时候，是把所有鹦鹉都放在一起的。鹦鹉数量很多，它们的颜色都很鲜艳，一眼看去，五色斑斓，有蓝的，有绿的，有黄的……

鹦鹉一天到晚叽叽喳喳，没完没了地叫，还在笼子里飞过来飞过去，当它们一齐蹲上笼子的横杆，那才叫好看，远远望去，简直是一棵披着五彩叶子的大奇树。

到二月，鸟儿就陆续开始配对、成家了。

这时，动物园里分管鸟笼的纽拉大婶就得用兜兜网把不同颜色的鹦鹉分开，让它们各住各的笼子。这档子活儿干起来挺费劲，也很麻烦。兜鹦鹉的时候既不能损伤鹦鹉的羽毛，又不能看走眼，绿鹦鹉得放在绿鹦鹉的笼子里，蓝鹦鹉得放在蓝鹦鹉的笼子里，黄鹦鹉得放在黄鹦鹉的笼子里。

纽拉大婶干这个活已经有许多年了。兜鸟动作之麻利，没谁能比过她。她伸过网兜儿去，那么灵巧敏捷地一扭手，鸟儿就在她网里了，没等它因挣扎碰坏羽毛，就已经被放在了另一个笼子里了。

纽拉大婶做完分笼工作以后，再细一看，发现在蓝鹦鹉的笼子里有一

只蓝白间杂的母鹦鹉，样子很不好看。

"啊呀，我怎么没看清这蓝白色的鹦鹉呢？"纽拉大婶不安地说。

再把这只鹦鹉分出来当然不难，马上可以做到，但是纽拉大婶不想再惊扰鹦鹉了。

"算了，就让它留在那里吧。"她甩了下手说。

接着她就到每个笼子里去挂鸟屋了。鸟屋都用木头做成，很像是椋鸟窝。笼子里有多少对鸟，有多少个鸟家，就得挂多少个鸟屋。所以鸟屋准备了很多。

纽拉大婶在绿鹦鹉笼子里一共挂了54个鸟屋。这就是说，她的笼子里有54对鹦鹉，每对鹦鹉都有一个单独的鸟屋。每个鸟屋都被编上了号码，这样便于对每个鹦鹉屋的状况进行记录。

纽拉大婶还没挂完鸟屋，一对对鹦鹉就迫不及待地飞过来挑选自己的新房了。几天以后，鸟屋里都住进了新主人，只有第13号鸟屋却不知道为什么总空着。

纽拉大婶对这13号鸟屋空无主人的事百思不得其解。起先她以为也许是这鸟屋做得不讨鹦鹉的喜欢，也许是鸟屋的出入口做得太小。她架起小梯子，爬上去看了一下。不，不会是因为出入口的问题。这出入口跟其他出入口一样的平润圆溜，不大也不小，里面的稻草也铺得平平整整。总之，鸟屋跟其他的一样好。那么为什么没有配对的鸟去住呢？

纽拉大婶为了弄清楚其中的原因，就开始留神观察这个鸟屋。

看了几天，纽拉大婶没看出里面有什么问题。

不过后来她发现一只绿鹦鹉蹲在这13号鸟屋里近旁的横杆上。这只鹦

鹉显得很特别，其他鹦鹉都已配了对成了双，它却孤单着。它通身的羽毛乱蓬蓬的，整个样子看上去傻傻的，吃得也很少。

纽拉大婶疑想它是病了。

后来纽拉大婶终于弄清楚，它没有病。有一天，这只绿鹦鹉蹲在鸟屋外的横杆上发呆，这时一只鹦鹉飞过来，蹲到了它身旁——这就是纽拉大婶觉得很不中看的那只毛色蓝白相杂的母鹦鹉。

绿鹦鹉见母鹦鹉飞来亲近它，它立刻全身一抖，马上精神起来，也活泼了。

原来，绿鹦鹉不快活，是因为母鹦鹉啊！纽拉大婶一下记起来，它们在没挂鸟屋前就已经要好了。后来它们彼此分开了，于是就只好相互思念。

纽拉大婶不由得心头一震，就同情地把这母鹦鹉捉住，放进了绿鹦鹉单个住着的 13 号鸟屋里。

第二天早晨，纽拉大婶再去看时，13 号鸟屋不再是空的了。在鸟屋的横杆上蹲着两只鹦鹉：一只是绿色的，一只是蓝白相杂的。它们快活地唧唧、唧唧叫个不休，还关切地相互用嘴梳理羽毛。

过了些日子，母鹦鹉产下了几枚粉红色的小个子鸟蛋，随即就开始孵了起来。

母鹦鹉连日连夜抱蛋，甚至吃食时也不离开。绿鹦鹉叼了虫子来，嘴对嘴喂它，像喂小鸟似的。如果母鹦鹉起来活动身子，绿鹦鹉马上过来接替它抱蛋。

过了 17 天，所有的鹦鹉屋里都孵出了小鹦鹉，不多久以后，那只蓝白间杂的母鹦鹉也孵出了小鹦鹉！小鹦鹉一身白绒毛，头很大，嘴巴很大。

它们躺在柔细的干草上，鹦鹉爸爸、鹦鹉妈妈一天到晚叼东西来喂它们。

如今纽拉大婶除了常来给喂米粒外，还增加了些嫩软食品。为了便于母鹦鹉喂小鹦鹉，她把熟鸡蛋切碎，掺上米粥，再在小碟子里放上蘸过牛奶的面包。

纽拉大婶牵挂鹦鹉，每天都提前上班。她一进屋，穿好白大褂，就前去查看鸟屋，然后动手打扫屋子，准备饲料，接着就给鹦鹉们喂食。

有一天，她查看鸟笼，意外发现鹦鹉笼地上有几只小鹦鹉。它们趴在第13号鸟屋底下，就是那只长得难看的蓝白母鹦鹉住的鸟屋下方。

"哟，你这个坏家伙！竟把自己的孩子给扔出来了，还装做什么也不知道呢！"纽拉大婶是从不动气的，今天她却生气了，说话声音也就很大。她还举起手来，要唬一唬这不像样的母亲。

然后，她小心地捧起小鹦鹉放回到第13号鸟屋里。

"我看你还敢再把自己的孩子扔出来！"她对那只飞到她身旁的母鹦鹉威吓说。

她拿起日志，把这件事详细做了记录。

从这事发生以后，纽拉大婶就开始特别留意第13号鸟屋的情况——什么事情都可能发生的，谁晓得这只母鹦鹉还会不会把小鹦鹉再扔出来！

幸好，她的担心是多余的。两只鹦鹉精心照料着自己的孩子，好像什么事也不曾发生过。尤其是那只蓝白两色的母鹦鹉，它从早到晚都在食槽和鸟屋之间飞来飞去，整天忙着给小鹦鹉喂食，有时候甚至忙得忘了吃东西。

"啊呀，你辛苦了！可别累瘦了哟！"纽拉大婶不安地说。虽然她许久前的气还没全消，但还是将放饲料的小桌子往它的鸟屋那边挪了挪，这

样好让这对鸟夫妇取食能近些。

纽拉大婶向来珍爱自己亲手饲养的鹦鹉，操心操劳，不辞辛苦。小鹦鹉快要出窝的时候，她就更是倍加劳心，小鹦鹉是她心血的结晶啊！小鸟长得怎么样，说明着她照料的好坏。所以，到第35天时，也就是13号鸟屋的小鹦鹉应该飞出窝时，纽拉大婶就格外担心。这一天，她一大清早起就没有离开过鹦鹉鸟笼，连午餐也没有吃，但是她却老不见小鹦鹉飞出来。

"莫非小鹦鹉都还没有长好吗？"纽拉大婶焦急地自语说。

她正要走近笼子去看时，突然，第13号鸟屋里钻出了第一只小鹦鹉。这只小鹦鹉飞出来的样子轻松又快乐，一飞出来就落在了旁边的横杆上。接着，小鹦鹉一只连一只地飞了出来。

"两只、三只……"纽拉大婶把飞出来的小鹦鹉都一一登记在鹦鹉养育日志上。"四只……"她增加着记录的数字，"你想，有七只小鹦鹉呢，把这么一群小鹦鹉养大可不容易啊！"

然而使她大吃一惊的是，从这个窝里又飞出了几只小鹦鹉。

"八只……十只……十一只！"纽拉大婶快速地数着。

十一只！纽拉大婶在动物园里干了这多年，从来没有见过一窝鹦鹉能孵出这么多小鹦鹉的！

她连最后一个数字都没有写完，就跑去找鸟类饲养部主任安娜·华西丽叶芙娜报告喜讯了，主任和纽拉大婶一起来到笼子跟前时，在13号鸟屋旁的横杆上，站着的小鹦鹉不是11只，而是12只。它们站成一排，欢天喜地叫着——唧唧唧，唧唧唧……

主任见到这么多小鹦鹉，大吃一惊。

"纽拉大婶，您没有搞错吧？"主任问，"可能从别的鸟屋里飞出来的小鹦鹉，也混在这里边？"

"哪能呢？安娜·华西丽叶芙娜！"纽拉大婶不高兴地说，"我刚才在这里一只一只数的呢。我对这鸟屋有专门观察，我这里写得清清楚楚：母鹦鹉是怎么喂的，又怎么把小鹦鹉给扔出来的。"

"等等，把小鹦鹉扔出来？"安娜·华西丽叶芙娜插问了一句，"那就奇怪了！这样，您把日志给我看。一对鹦鹉不可能孵出这么多小鹦鹉的。"

安娜·华西丽叶芙娜打开日志，仔细看了好一阵。她在日志簿里找到了关于纽拉大婶怎样发现地上的小鹦鹉，又怎样把它们放回鸟屋去的详细记录。

"当时小鹦鹉趴在什么地方？"安娜·华西丽叶芙娜问。

"就在这里，就在鸟屋下方。"纽拉大婶指了指那个地方说，"我就是在这儿把它们给捡起来的。"

她还在那个地方弯下身去，仿佛这会儿在那里还有小鹦鹉似的。后来，她直起腰……往正前方一看，看到的是第12号鸟屋，而第13号鸟屋则还要稍偏一点。

"您看，"安娜·华西丽叶芙娜笑着说，"小鹦鹉是从第12号鸟屋里掉下来的，而您却顺手把它们放进了第13号鸟屋了。"

纽拉大婶不由得一下愣住了。后来，她连忙去搬来一架小梯子，把它靠在第12号鸟屋上，三下两下爬了上去。鸟屋里确实空着！这就是说，小鹦鹉是从这个窝里掉出来的。而纽拉大婶却把它们放到旁边的第13号鸟屋里去了，而且还责怪那只蓝白间杂的母鹦鹉。

　　纽拉大婶无意识地伸出手去，她带着歉意想抚摸一下这只母鹦鹉。但母鹦鹉没有明白她的用意，不安地在自己的十二只小鹦鹉旁边走来走去，竭力保护它们。纽拉大婶一走出笼子，那母鹦鹉立刻就平静下来。它蹲在自己的六只鲜蓝色的小鹦鹉旁边，开始梳理起难看的羽毛。不过，这只外表难看的鹦鹉，此刻在纽拉大婶眼中是如此美丽，竟让她忍不住转过身去对主任说："现在我才发现，它是一只多么美丽的母鹦鹉啊！"

　　安娜·华西丽叶芙娜微笑着点了点头。

葛莉娅养鹦鹉

〔俄罗斯〕韦·恰蒲丽娜

　　葛莉娅是大学生物系研究鸟类的女学生，她很想在动物园工作。她希望自己能够在动物园里多有一些接触鸟的机会，好熟悉它们的生活。

　　葛莉娅来到动物园，问鸟类饲养部主任安娜·华西丽叶芙娜让她干点什么。安娜·华西丽叶芙娜把葛莉娅从头到脚打量了一番，再看了看她那头时髦的长发和那双高跟鞋，然后说："饲养员。"

　　主任的回答就这么简单。说完就不再说了。

　　"饲养员？"葛莉娅重复主任的话问道，"什么叫饲养员？饲养员都该做些什么事？"

　　"饲养员就是伺候动物的人员。"安娜·华西丽叶芙娜回答说，"什么事都得干。扫笼子、给鸟喂食、准备饲料、洗鸟食用过的餐具……一句话，需要干什么，就得干什么。"

　　"这些事干起来很难吧？"葛莉娅迟疑地说。

　　也难怪，葛莉娅以前从来没有工作过，所以乍一听要做这么多工作，心里不免害怕起来。

"工作说不上难，"安娜·华西丽叶芙娜说，"只要你全心全意去干，就能干好。"她随手递给葛莉娅一张纸条，说："这是您可以到人事处报到的证明。如果您想到我们这里来工作，您就去人事处办手续吧。明天早上八点前来上班。"

葛莉娅离开办公室的时候，安娜·华西丽叶芙娜用疑惑的眼光瞅着她，料这位时髦的、穿高跟鞋的长发姑娘不会真的来上班。

然而，出乎安娜·华西丽叶芙娜的料想，葛莉娅来了，而且是在八点前准时来了。她在养鹦鹉的大笼子里当饲养员。她看管的这些鸟，同家里养的家禽，譬如鸡呀鸭呀，完全不一样。她上班头一天，鹦鹉的尖叫声震得她头都晕了，下班回家的时候，头还疼呢。

葛莉娅头一天进笼子，是由一位对鹦鹉有丰富饲养经验的纽拉大婶带着去的。她们一起进了笼子，葛莉娅就在一旁看着，纽拉大婶一边打扫笼子、给鹦鹉喂食，一边讲解说：

"这些鹦鹉你不用怕。你一进来，它们马上就会躲到上面去的。"

果然如纽拉大婶说的那样，她们一进去，鹦鹉就用嘴和爪子钩住铁栅栏，快快爬了上去。老饲养员给它们的食槽一一放上食物，就和葛莉娅一同走出笼子。这时鹦鹉又全爬了下来。它们用爪子灵活地抓起大核桃，然后拿钩状嘴壳猛一咬，核桃就咔嚓一声碎了。

接着纽拉大婶带葛莉娅进到另一个笼子。这个笼子关着两只暗蓝色的鹦鹉，嘴大得惊人，这样的大嘴鹦鹉，葛莉娅以前从来没见过。

"这种鹦鹉叫金刚鹦鹉，"纽拉大婶一走进这笼子就提心吊胆，并提醒葛莉娅说，"记住，你不能一个人到这里来。我照料它们这么久了，它们现在还咬我，这两只鹦鹉太恶了！”

葛莉娅饶有兴致地望着这两只恶鹦鹉。它们不像别的鹦鹉那样往上爬，而是下来，拼命用自己的大嘴钩饲养员，拉她的衣裳，摘她的头巾。葛莉娅倒很喜欢它们来亲近自己。它们精力特别旺盛，特别讨人喜欢。葛莉娅甚至想有更多机会接近它们，驯服这两只犟头犟脑的鹦鹉。不过她也只是在心里这么想，没告诉纽拉大婶，但是从第一天起，她就常常去看金刚鹦鹉，跟它们说话，把好东西给它们吃。她费尽心机去吸引它们，很快就有了她希望的结果：没过一个星期，两只金刚鹦鹉就开始喜欢上这位年轻漂亮的饲养员了。

葛莉娅经过一段时间的观察，发现那只公的比母的胆子要大些，也沉静些。葛莉娅给公鹦鹉起名叫"库嘉"，给母的起名叫"阿拉"。当她拿一块糖隔着铁丝网往笼子里塞的时候，库嘉就从横杆上跳下来，大胆地抓过糖去，而胆小的阿拉不管葛莉娅怎么引诱它，它总也不敢来抓她手里的任何东西。但是不难看出，两只鹦鹉都很喜欢葛莉娅，特别是葛莉娅同它们说话的时候。过了些天，两只鹦鹉也能喃喃地回答她几句什么了，而库嘉却还紧紧贴在铁栅栏上，把身上的羽毛根根直立起来——这是什么意思？是表示亲热吗？还是表示生气，葛莉娅弄不明白。

葛莉娅每次进金刚鹦鹉的笼子，仍都由纽拉大婶带着。纽拉大婶不让她一个人进这笼子。

"纽拉大婶，可不可以让我一个人进去扫笼子？"葛莉娅不止一次地请求说，"我都来工作两个星期了呀！"

"还早呢，别急，"纽拉大婶回答说，"鹦鹉虽说不过是鸟，也得跟

它们混熟了。再干上个把月吧，等你跟它们混熟了，再自己进去。"

实际上，葛莉娅开始独立工作的时间比她预想的要早得多。那是因为纽拉大婶病了，没来上班。当然，可以去找安娜·华西丽叶芙娜，请求另派一人来顶班。但是，葛莉娅很想乘机试试，看干得了干不了。于是，她拿起水桶、抹布和扫帚，自己一人进笼子去打扫。这是她独立工作的第一天。这一天，她打扫的笼子虽然算不得很干净，打扫的时间也花了很多，还不敢到金刚鹦鹉笼子里去，而且饲料也准备得不及时，使所有的鹦鹉饿得唧唧直叫，但是，第二天她就干得很可以了，不用说，她进金刚鹦鹉的笼子时，心里还是微微发颤。

库嘉和阿拉见到这位新来的饲养员，马上从架子上跳下来。它们在铁栅栏爬上爬下，想用嘴钩葛莉娅。葛莉娅没有用扫帚和抹布赶开它们，而是亲切地柔声劝导它们。鹦鹉没碰葛莉娅。葛莉娅一边同鹦鹉说着话，一边把手伸给阿拉，阿拉用大嘴咬住她的一个指头，过了一会儿，又自己放开了。显然，姑娘亲切的声音和语调对鹦鹉发生了作用，使它们安静下来，不咬她了。

现在葛莉娅知道该怎样去接近金刚鹦鹉了，她找到了接近它们的诀窍了。原来，它们喜欢姑娘同它们亲热、轻缓地说话。葛莉娅于是更加经常和阿拉、库嘉在一起，很快就不再害怕它们了。

葛莉娅和金刚鹦鹉相熟后，一直一个人去打扫笼子。纽拉大婶病愈上班后，对这位年轻的助手感到很惊奇，私下里对人夸奖她。

"好样的！"她说，"看看，她把鹦鹉驯得多听话呀。一准是，它们欺负我这老太婆，不欺负年轻姑娘。"

　　其实不是，是两只鹦鹉都跟姑娘处熟了，知道不用怕她。所以葛莉娅一进笼子，刚把水桶放下，两只鹦鹉就从架子上滑了下来。阿拉随即用爪子抓住桶墙，把头伸进桶里，叼抹布玩。它把抹布从水里拖出来，紧紧抓着它爬到笼子顶上。库嘉也不是省油的灯，它急急忙忙抓起刀子，叼住木头把，也爬到笼子顶上。葛莉娅怕刀会割伤库嘉自己，或是猛然回头时伤到阿拉，所以一个劲儿劝它把这件危险品交还给她。

　　然而葛莉娅怎么劝也不奏效，怎么劝库嘉也不肯丢下好容易弄到手的玩物——它太喜欢这把刀了。这时，它发疯似的狂叫起来。这一叫帮了葛莉娅大忙，库嘉一叫就忘了嘴里的刀子，嘴巴一张，刀就掉下来了。

　　葛莉娅稍不留神，打扫笼子的工具就会被鹦鹉抢走，要是她把水桶放到在另一个笼子里，库嘉竟会用嘴灵活地把门上的搭钩摘掉，钻到里面，别的鹦鹉见它进来就都很害怕。而如果葛莉娅把门锁起来，鹦鹉就马上把注意力转移到扫帚上来，它们使劲儿啃扫帚，待到葛莉娅打扫工作完毕，扫帚也只剩一根空木杆了。

　　这些恶作剧玩笑虽然妨碍了葛莉娅打扫笼子，但她很喜欢鹦鹉的这种淘气劲儿。每天她都有意把它们的笼子挪到最后去打扫，这样她好跟金刚鹦鹉多待一会儿。鹦鹉同自己的饲养员处得越来越熟了！它们甚至还让她抚摸自己的羽毛，特别是库嘉，它见葛莉娅去，就第一个蹿到葛莉娅跟前，低下头，竖起羽毛，让葛莉娅给它挠后脑勺。葛莉娅温柔地捋着它的羽毛，库嘉惬意得咕咕叫唤，羽毛就竖得更直了。

　　库嘉常常爬到葛莉娅手上，把嘴灵活地钻到葛莉娅口袋里掏东西吃。趁葛莉娅抚摸它的时候，它还咬掉葛莉娅工作服的纽扣。

"你把纽扣弄哪里去了？"妈妈没好声气地问葛莉娅，她现在几乎每天都得为女儿钉扣子，要么是钉工作服上的扣子，要么钉连衣裙上的扣子。

葛莉娅只好说出扣子是被鹦鹉咬掉的。起初妈妈很生气，后来她说：

"葛莉娅，我给你想出了个办法：咱们去做一条不带扣子的连衣裙，这样，你爱在鹦鹉笼里待多久都可以了。"

葛莉娅是个爱打扮的姑娘，她对妈妈的建议另有想法。妈妈知道女儿爱穿连衣裙，就想了个两全其美的办法：在没有纽扣的连衣裙中挑选一款好看的式样。这样款式的连衣裙就成了葛莉娅那以后上班时最喜欢穿的衣服。这连衣裙又很合身，又不怕库嘉来咬她的纽扣，可以放心地到鹦鹉笼子里去干活。

阿拉则不一样，它喜欢跳舞唱歌。它老跳一种舞：一会儿钩钩这只爪子，一会儿钩钩那只爪子。要是葛莉娅为它鼓掌，它就跟着鼓掌的节拍一下连一下点头，跳得越来越起劲，爪子也就越抬越高，这样子，谁看了都会笑得前仰后合的。阿拉跳舞没有时间选择，情绪好的时候自然跳得更带劲。它唱歌的时间倒是有选择的，选择在早晚没人的时候。它不知道从哪里学来高调和低调，唱起来声音拉得老长老长，长得让人觉得可笑。

有一天，葛莉娅带来一个电唱机和一些唱片去上班。她想知道心爱的鹦鹉对音乐的反应。她一试，两只鹦鹉反应很不一样。阿拉最喜欢听华尔兹舞曲和吉卜赛歌曲。它能马上跟着唱，竭力模仿唱片里的声调，有时还模仿得很像，模仿高调和笑声那就更像绝了。而库嘉则对华尔兹听而不闻，依旧做它自己的事。不过，一旦响起热闹的爵士音乐，它就抖抖羽毛，马上拉开嗓门唱了起来，说得更确切些，是开始刺耳的尖叫。显然它的乐感远不及阿拉，不像阿拉那样有音乐舞蹈天赋。

别的鸟对音乐也有莫大兴趣。所以唱片一放完，整个鹦鹉笼子就都闹腾起来。所有的鹦鹉都嚷嚷开了，就像是菜市场的小商贩咦里哇啦在向顾客兜售。葛莉娅看着它们，不由得会心地笑了——这些鹦鹉真个让人开心啊！

葛莉娅在鹦鹉笼子里工作时间越长，对鹦鹉也就越了解。她对它们的记忆力和敏感性越来越感到惊奇。无论葛莉娅穿什么衣服进来，库嘉和阿拉都能一眼就把她辨认出来，随即匆匆跳到门口，向她表示亲热。它们对葛莉娅很好，纵然葛莉娅因为它们不听话而打了它们，它们只生气地叫几声，从来没有咬过她一口。鹦鹉委屈的时候，只要葛莉娅伸伸手，说几句温柔的话，它们就立即安静下来，又爬过来同她亲热了。

然而要是别人欺侮了它们，它们就会记恨他。技术员库普里亚诺夫身上就发生过这样的事，鹦鹉就始终不肯饶恕他。事情是这样的：有一年初夏时节，动物园需要把它们搬到夏季饲养室里去住。这件事通常都是技术员做的。虽然葛莉娅提出由她来做，但纽拉大婶不同意。

"你怎么啦，手不想要啦？"纽拉大婶生气地对葛莉娅说。说着把兜鸟网送给了库普里亚诺夫。

库普里亚诺夫拿着兜鸟网，走进了库嘉和阿拉的笼子。金刚鹦鹉不知道是怎么回事，因为它们来这里的时间还不长，所以想认识认识这个走进来的人。像往常一样，库嘉首先飞下来。库普里亚诺夫挥起兜网一扭手，库嘉连叫都来不及叫一声，就被兜到进了网里。库普里亚诺夫再一抖网，把库嘉兜到了夏季饲养室。库嘉的一身羽毛全蓬乱了。它还在惊恐万状中

来不及清醒时，库普里亚诺夫接着又去兜阿拉了。

这时阿拉发现自己的伴侣不见了，闹不清是怎么回事，心里害怕，感到情况不妙，赶忙爬到笼子顶上。

阿拉在笼子顶上居高临下看着库普里亚诺夫走过来，一下子就认出了他。它惊慌得不行，就拍打翅膀大叫起来。这下技术员要抓住阿拉可就太难了！阿拉躲进了一个角落，网兜根本伸不进去，而且它拼命挣扎，拿爪子推网，拿嘴巴咬网，弄得库普里亚诺夫一点办法也没有。

技术员费了好大劲才把阿拉兜住，把它同库嘉放在一起。

从那个时候起，两只鹦鹉可是恨死了技术员，还把这份恨记在心中。不管他穿什么衣服，不管他怎么悄悄地走近它们，或是躲在游人后头，鹦鹉都能认出他、发现他，并且顿时大叫大闹起来。大鸟笼的饲养员只要一听到鹦鹉疯闹，就知道是谁来了。

"哎，库普里亚诺夫，"他们笑着说，"现在你休想偷偷到我们这里来了，我们在一公里外就能知道你来了。"

库普里亚诺夫好几次想同库嘉和阿拉和解，但是他的努力没有效果。他把最好的东西给它们吃，也消不了它们心中的恨——它们不吃他的任何东西，只是凶相毕露地对着他叫，想咬他。

有一天，库普里亚诺夫在库嘉和阿拉的笼子铁丝网上挂一块动物介绍牌，它们就立即大闹起来！它们嘶声乱叫，这种刺耳的叫声连在动物园工作多年的纽拉大婶都从来没有听到过。库嘉叫得最起劲，它向铁丝网猛扑过去，用翅膀拍打，技术员刚把铁丝穿过网去准备接着拴牌时，库嘉立刻飞过去把铁丝给拖走了。

库普里亚诺夫只得认输，请葛莉娅来帮他的忙。葛莉娅打开了笼子门，若无其事地走到发怒的鹦鹉跟前。

"当心，别让它们咬到你。"技术员提醒她说。

但是，葛莉娅对自己饲养的鸟儿很有把握。她让技术员走开，以免鹦鹉再发脾气。库普里亚诺夫走后，葛莉娅躬下身去，附在库嘉身上，亲切地对它说：

"库嘉，别耍脾气……别这样……谁也不会碰你的……大家都喜欢你呢……"

她说得那么平静，那么温柔，说得库嘉立刻就不再叫喊了，也不再拖铁丝了。后来，它完全安静了，爬到葛莉娅手上，贴在她脸颊上，驯驯顺顺地让葛莉娅把牌子拴好。

两只鹦鹉搬到夏季饲养室后，变得活泼、快乐多了。这里阳光充足，爱晒太阳的它们可以好好晒晒太阳了。周围不再是单调的墙壁，而是绿树映掩，浓荫匝地，一派生气蓬勃的景象。有时候，一片绿叶掉在铁丝网上，鹦鹉便用嘴去叼，要是叼到，就高高兴兴地吃了。现在一天到晚都可以听见它们的欢笑声、歌声和学人说话的声音。但是，它们究竟说些什么，葛莉娅却并不都能听明白。

库嘉和阿拉能叫出许多单词和简单的句子，但是它们的发言并不清晰，而且完全是无意识的。比方说，如果阿拉说"鹦鹦想吃东西"这句话，并不是说它真的肚子饿。完全不是这样。它一进食完毕就爱说这句话，而要是葛莉娅再给它添食，它一点也不吃。

鹦鹉吃的东西，夏天同冬天有很大不同，夏天，要多喂它们蔬菜、水果、

浆果和核桃。起初，葛莉娅把核桃敲开了喂它们，她想鹦鹉要咬开核桃会很困难的，但是后来她发现鹦鹉的嘴壳咬劲很足，咬核桃就跟人磕葵花籽儿一样，喀嚓一声，就碎了。

葛莉娅原先不了解，鹦鹉从咬硬壳中能得到一种快乐。葛莉娅发现这一点以后，就去拖来一根圆木木柴，放在鹦鹉笼子里。两只鹦鹉这下高兴了，瞧它们啃得多欢啊！它们啃得十分带劲，不多工夫，木柴就全变木屑了！

鹦鹉还喜欢洗澡，特别是喜欢夏天在雨中洗澡。只要一下雨，阿拉和库嘉就不再在屋檐下了，而是急急忙忙爬出来，爬到笼子顶上，露出肚皮让雨水浇淋。鹦鹉竖起羽毛，张开翅膀，就像人在淋浴。三四十分钟后，它们才下来，回到自己的横杆上，痛快地叫唤着，抖掉身上的水，再擦干净羽毛。

两只鹦鹉生活得相亲相爱，不过有时它们也争吵，尤其是夏天。库嘉有时用嘴啄母鹦鹉，逼得它尖叫着躲到角落里去。葛莉娅已经非常了解它们的脾性，听到叫声后，马上就能猜到，这十有八九是库嘉在欺负阿拉了，于是就赶去帮助母鹦鹉。

库嘉一见到葛莉娅，立刻就停止啄母鹦鹉，而且连忙向门后跑去。葛莉娅进了笼子，它就飞去爬到她手上，任她摆布。它甚至可以仰身躺在葛莉娅手上，让她摇晃，任她摆荡，像抱小孩一样。它安安静静地躺在葛莉娅手上，肚皮朝天，轻轻柔柔地叫着。后来，葛莉娅把它放到横杆上，走了，它这才挨到母鹦鹉身边，再也不欺负它了。

夏季不知不觉间过去。秋天到了。这时得把鹦鹉重又迁回冬室里去。但是这一次搬家的不再是库普里亚诺夫，而是葛莉娅。她不需要兜网。她走进笼子，先抱起库嘉，把它贴在自己身上，挠挠它的头，把它送进了冬室里，接着转身，又把母鹦鹉送过去。

鹦鹉对被迁入冬室很不高兴。它们生气地在笼子里爬来爬去，望着窗外尖声叫嚷。别的笼子里的鹦鹉也跟着它们叫。鹦鹉在冬室内乱哄哄地，任何一个新来的人都会感觉受不了。但是葛莉娅听惯了这种吵闹声。它们的吵闹声一点也影响不了她的情绪和工作。

葛莉娅热爱自己的工作。打扫笼子和喂鸟食，对她来说已经没有什么难处。每天做完这些还来得及赶回学校去上课呢。她有一套严格的作息制度。有时候，晚上她还有时间去看看电影看看戏。

但是，有一天，她的作息制度被打乱了。这是在冬天，恰恰是在她需要准备考试的时候。

天冷极了，突然，真是太不走运了：取暖锅炉坏了，只好立即改烧备用锅炉取暖。但是，这锅炉太小，室内的温度在不断下降。

安娜·华西丽叶芙娜跑来了。

"得赶快用电炉提升温度，"她说，"不然鸟会受凉的。你们看，它们现在已经冷得受不住了。"

主任说得不错，鹦鹉们都冷得都竖起了羽毛，相互身挨身紧紧贴拢。葛莉娅甚至感觉它们在发抖。她走进笼子，本想收拾笼子的，结果却抱起了蹲在横杆上的两只金刚鹦鹉，放进自己的怀里焐着。过了一会儿，库普里亚诺夫拿着两个大电炉进来了。安娜·华西丽叶芙娜吩咐把电炉放到屋子中央的地板上，电炉一热，白气就冲腾起来。过不多久，温度计上的水银柱开始上升了。

"这下好了，"安娜·华西丽叶芙娜松了一口气，"但是得有人在这里值班，不然电线是旧的，弄不好，会着火的。"

第一夜值班的是库普里亚诺夫。后来鸟类饲养部排出了个值班一览表，除了葛莉娅，其他的人全排上了。

"为什么不把我排上？"葛莉娅生气地问。大家对她说，她需要复习功课，需要准备考试。

主任也这么说。

"好好去准备考试吧，"她说，"你一边工作一边学习，已经够不容易的了。"

"一点不困难的，主任，瞧我不会因为工作而耽误功课的。"葛莉娅一再请求把她也排上，但是安娜·华西丽叶芙娜坚决不给排。

葛莉娅就自己决定帮动物园做点事。她上班上得更早了，这样好在大家上班前尽量多打扫几个笼子，下班也走得比别人晚。她已经来不及回家换衣服和用餐，而是下班前就换好衣服，一边走一边啃面包，赶到学校去。葛莉娅很晚才回到家，她一到家就睡，早晨天刚蒙蒙亮就往动物园赶，争取在大家上班前能为动物园多做些事。

后来，锅炉终于修好了。这一天，葛莉娅准时下了班，回家的时候，她感到特别轻松、愉快，她仿佛觉得自己的考试已经获得了满意的成绩。

〔俄罗斯〕韦·恰蒲丽娜

动物园里运来了一大批天鹅。天鹅是装在木箱里运来的，每只箱子装七八只天鹅。箱子很多，两辆大卡车都装得满满当当的。

远道运来的天鹅，在路上没有洗澡、休息的机会，都已经很肮脏、很疲乏了。所以运到动物园的天鹅不能马上放出去供人参观，必须让它们先洗干净身上的羽毛，恢复一下体力。天鹅被放在一间暖和的大屋子里，里面有两个大水池。她们整天在水池里洗澡，这些爱清洁的鸟儿洗得可认真了。不多时，它们身上的羽毛就都洗得干干净净，没有一点污斑了。

天鹅在这间大屋子里过了冬。春天终于来到了。动物园小径上的雪开始融化了，池塘里的冰也渐渐消失了。在一个春光明媚的早晨，饲养员尼基塔·伊凡诺维奇打开了天鹅屋子的大门，阳光一下从大门照射进来。天鹅一见到阳光，都兴高采烈地欢叫起来，伸长脖子向大门口蜂拥而去。几个人站在门口挡住了右边的去路，而尼基塔·伊凡诺维奇提着满满一桶饲料在左边引诱天鹅出来。

"嘎——嘎——嘎！"他一边呼唤着，一边举起手，把从木桶里抓起

的小米粒撒回到木桶里去。

第一只天鹅迟迟疑疑跑过了门槛，接着，第二只……第三只……转眼间，天鹅俨如雪白的波涛拥挤在小径上。刚开始那阵，天鹅是驯驯顺顺跟着饲养员走的，可后来，走在前面的天鹅见到了水塘，就立刻弹开翅膀，嘎嘎嘎欢叫着向水里扑去，其余的天鹅也都相随着跳下了水。

几十只美丽的天鹅，宛如一朵朵雪白的棉花漂浮在水面上，它们时不时把长长的脖颈钻到水里，扑打着翅膀，顿时无数银亮亮的水珠飞溅起来。

天鹅被放出来，它们自由了，高兴了，连吃食也不记得了。第二天一早，尼基塔·伊凡诺维奇刚把饲料倒进食槽里，它们马上就来啄吃了——它们太饿了。

天鹅们在池塘里生活在一起，玩乐在一起，彼此相处得和和睦睦，从不见它们发生争斗的事。不久，尼基塔·伊凡诺维奇发现有一对天鹅开始离群了。

这是一只公天鹅和一只母天鹅。

这对天鹅天天在一起游水，若见另一只公天鹅向它们靠近，这只公天鹅马上就去把它撵开，然后很快回到母天鹅身边，不住地向它上下点头。公天鹅的叫声本来就像号筒似的，很粗很沉，可现在却变得柔和了许多。

过不多久，这一对天鹅夫妻在池塘边上的一棵老柳树旁开始筑巢了。它们把柳树枝条和枯枝都叼了去，一层层堆放起来，然后，母天鹅爬到顶上，用嘴细致地铺平铺好。

巢筑好后，母天鹅就蹲进巢里去下了五枚蛋，五枚白生生的天鹅蛋。

接就开始孵小天鹅。公天鹅这时在附近水域游来游去，警惕地注视着，不让别的天鹅靠近它们的巢。若见别的天鹅游过来，公天鹅就会火速冲过去把它赶跑。若是那只冒失的天鹅跑得不快，那可就得倒霉了！公天鹅少不得用胸脯去撞击它，伸翅膀去捶打它，直到把它赶得远远的方才罢休。

天鹅的翅膀非常强硬，时间一长，好多水鸟都领教了它们翅膀的厉害，就再也没谁敢在天鹅巢的附近游荡了。而尼基塔·伊凡诺维奇在喂食的时候，把饲料撒得离它们的巢远些，这样可以不惹恼它们。他很希望它们能早一天孵出小天鹅来，所以他得竭尽全力来保护好这个天鹅巢——这一大群天鹅中，还只有它们为生育儿女筑了巢呢！

到了第三十二天，小天鹅出来了。

小天鹅很小，浑身都是柔细的绒毛，样子很笨拙。尼基塔·伊凡诺维奇想靠近天鹅巢去仔细看一看，但是，两只大天鹅对自己的孩子看得可紧了，比它们的巢还要看得紧。天鹅妈妈下水的时候，就总是寸步不离地带着小天鹅，而天鹅爸爸负责着卫护全家的安全。

尼基塔·伊凡诺维奇看到天鹅这样尽心竭力地保护着自己的孩子，心里涌动着一种难于言表的高兴！

但有一天他突然看到，一只狐狸从笼子里跑出来，他的心不由得一下抽紧了。这狐狸可能蹿到池塘边上，一旦发现天鹅巢，就会把小天鹅给咬死的。他原本快乐的好心情一下被狐狸破坏了——很能预测狐狸会给天鹅带来多大麻烦。尼基塔·伊凡诺维奇从此寝食难安。白天，他上班，夜里，他放不下天鹅，就轻巧地起床，蹑手蹑脚摸出门去，但每次要出门的时候，都被女主人叫住了："甭想溜——甭想溜！我又不是聋子。回来！"

但是，谁也挡不住尼基塔·伊凡诺维奇去看天鹅。他像做错什么似的溜出了家门。他直奔水池，在那里他转着圈看守夜人有没有打瞌睡，叮嘱他们耳朵竖长一点，眼睛放亮一点，密切注意池塘周围的动静，然后才回家。

又过去了好几天。

守夜人一直没见到狐狸出没，尼基塔·伊凡诺维奇这才开始放下了心。可是忽然有一天，他在池塘周围转悠的时候，猛听得一阵可怕的声音，似乎是从池塘方向传来的翅膀扑腾声，还伴杂有天鹅的尖叫声和狐狸凶狠的猎猎声。这声音也是从小天鹅睡觉的地方传来的。尼基塔·伊凡诺维奇立刻明白是怎么一回事了，就拔腿向那里跑去。

他打亮手电，从老远的地方就照见了那只狐狸的身影。狐狸紧贴在池塘边的铁栏杆上，牙齿咬得格格发响，正在拼命抵抗公天鹅的进攻。

"混账狐狸！"尼基塔·伊凡诺维奇抑制不住自己的愤怒，一边跑去救天鹅，一边破口大骂。

他都已经跑到狐狸跟前了，可狐狸还没有马上跑开，可以看出，是公天鹅把它逼到了栏杆边上，使它想逃也逃不脱身。狐狸向公天鹅扑去，一而再，再而三，但每次都被公天鹅的强大翅膀打翻在地。最后，狐狸见到有人来了，就不顾天鹅的扑打，抽身逃跑了。尼基塔·伊凡诺维奇一步跃过栏杆，发现地上躺着一只小天鹅，它张开翅膀，抬起头，想撑着站起来，但没有能够成功。尼基塔·伊凡诺维奇弯下腰去把小天鹅抱起来。万没想到他刚把小天鹅抱上手，突然感到背脊被什么猛撞了一下——原来，是公天鹅跑来保护它的小天鹅了！

尼基塔·伊凡诺维奇瘸着腿，摇晃着身子回到家里。女主人发现自己的丈夫竟这副惨状，就惊讶地叫了起来。

"哟，谁把你打成了这般模样？"她一边帮丈夫脱外衣，一边带着哭声说。

尼基塔·伊凡诺维奇没有回答，他从怀里抱出一只小天鹅，摇摇头说：

"瞧瞧，把它给咬成这样，这该死的东西！"

他把小天鹅放在篮子里，盖上被子，第二天一早就提着它到医院里去看医生了。医生说，小天鹅的肋骨被踩伤了，右脚爪也断了。

"尼基塔·伊凡诺维奇，小天鹅伤得厉害，你只能把它留在这里了。"医生说，"不能抱回去交给大天鹅，不然它会死的。"

但是，尼基塔·伊凡诺维奇不想把小天鹅留在医院里。

"我可以把它带回家去吗？"他问医生，"在家里，白天黑夜都有人看护它。"

医生同意了。他很理解这位对工作全心全意的饲养员，而且，尼基塔·伊凡诺维奇就住在动物园里，可以带小天鹅来换药。医生动作麻利地把小天鹅的右脚包扎好，把它交给了他。

小天鹅从这一天起，就开始住在尼基塔·伊凡诺维奇一间不大的房间里。尼基塔·伊凡诺维奇给小天鹅取了个名儿，叫"瓦西卡"，过去他养过一只猫，就叫瓦西卡，他心疼他的猫，就给天鹅取了这个名字。

他把瓦西卡安置在炉子旁边，隔出一小块地儿，放上一抱干草和一小碗水。头些天，小天鹅还是站不起来，也不能起来吃食，就一直躺在干草上。尼基塔·伊凡诺维奇就把它的嘴掰开，用手给它喂牛奶浸泡过的面包或粥

糊糊，再用匙子给它喂水。

小天鹅的伤一天天见好，渐渐恢复了健康。过了三星期光景，它就能自己站起来，可以自己走了。

它知道自己的名字。只要有人喊一声瓦西卡，小天鹅便立刻转过头去，看看是谁在喊它。它最熟悉的人，自然是尼基•伊凡诺维奇了。瓦西卡准以为他是自己的妈妈呢，所以总跟在他脚后跟，步步相随。尼基塔•伊凡诺维奇坐下来用餐，瓦西卡就爬到他膝盖上，把嘴伸到盘子里，有时就直接从他的叉子上抓食物吃。

"再过几天，它就会得寸进尺，到你嘴里吃东西的！"女主人对丈夫娇惯小天鹅有点生气了，就这样调侃说。

尼基塔•伊凡诺维奇抚摸着小天鹅的头，对妻子的调侃只报以微微一笑，要她给他盛些凉饭凉菜给他。

"你不是向来喜欢吃热饭热菜的吗？"妻子不解地问。

"过去我是喜欢吃热的，现在不喜欢了，牙齿有点疼。"尼基塔•伊凡诺维奇解释说。

不过妻子一下就知道他真实的原因不是牙疼，而是怕烫着小天鹅。

瓦西卡在饲养员家里调养了一个多月。它的脚已经完全长好了，医生早就拆掉了绑在它脚上的夹板，允许把它放回池塘里去了。但是尼基塔没有放它走。

"让它在我家再住些日子吧。"他很舍不得小天鹅离开他。

然而天鹅已经长大，把一只大天鹅养在家里可不容易。别的不说，现在再用脸盆给它洗澡就不行了，得用大木盆了。

它太喜欢洗澡了！一看见大木盆在地上放着，它就高兴得尖叫起来，头朝下，想要钻进木桶里去了。尼基塔·伊凡诺维奇刚往木盆里倒水，瓦西卡就迫不及待地跳到木盆里。它洗澡才不一会儿，就溅得满地是水，把枕头和被褥都弄湿了，害得他们只好拿到太阳下面去晾晒。

"怎么样，你们的瓦西卡又洗澡啦？"邻居别有意味地问女主人。

"唉，别提啦！真叫人受不了！家里简直水流成河了！"女主人一边晾晒一边回答说。

尼基塔·伊凡诺维奇感到，这天鹅再不能在家里养下去了。他择了个日子，鼓足割舍爱物的勇气，把天鹅带到了池塘边。

妻子同他一块儿去。因为妻子也想看看，池塘里的天鹅究竟会怎么接待他们一手养大的这只天鹅。

"它见到自己的同伴，一定会很高兴的吧？"女主人说。

她猜想得不错。他们刚把瓦西卡放进池塘里，立刻，它就高高兴兴地弹开双翅，呼呼呼飞快地向天鹅群游去。

小天鹅是灰颜色的，游进雪白的天鹅群中，一下就能辨认出来。

它早就在心中渴盼着自由了！看它拍水拍得多欢啊！

"瓦西卡！瓦西卡！"尼基塔·伊凡诺维奇叫了它几声。

不料，瓦西卡连头也没有回。

"你喂它、养它、呵护它，它一走，连看都不朝你看一眼！"尼基塔·伊凡诺维奇沮丧地叹息了一声，转身往回走。

但是，他才走出几步，就听得身后妻子在叫他："看啊，尼基塔，咱们的那只天鹅游过来了！"

尼基塔·伊凡诺维奇立马转身，果然是的，他看见瓦西卡离开了天鹅群正向他游过来。他看得分明，它用两只脚焦急地划水，不安地张望着四周，一眼发现了尼基塔·伊凡诺维奇，就开始用翅膀扑打水面，跳上岸来，把胸脯紧贴在栏杆上。

"噢，我的亲亲！"尼基塔·伊凡诺维奇激动地向天鹅跑去。

其实天鹅也舍不得离开他们呢。它紧紧地贴在主人身边，一个劲儿把头往他手里钻。

尼基塔·伊凡诺维奇只得把它抱起来，又带它回了家。

总得要让小天鹅回到天鹅群去才好。尼基塔·伊凡诺维奇从这件事情发生以后就决定要让它养成回归池塘、回归天鹅群的习惯。

现在，他每天带心爱的天鹅去上班，天鹅走路左一摇右一摆，看着有意思极了！

他们先到传达室，尼基塔·伊凡诺维奇向看门人要了钥匙，接着到后勤部去领饲料。

仓库保管员和尼基塔·伊凡诺维奇秤饲料的时候，瓦西卡在仓库里玩。它对口袋、箱子里的东西都有莫大兴趣，它伸长脖子，总想拿嘴去碰一碰。有一次，它甚至把装大麻籽的口袋给弄开了，大麻籽撒了一地，尼基塔·伊凡诺维奇花了不少时间才收拾回去。

好在，动物园里的人都喜欢他的瓦西卡，就是小天鹅给惹出了麻烦，也没有人斥责它，照样给它东西吃。

尼基塔·伊凡诺维奇干着活，天鹅在他上班的地方活动。他在池塘边做清洁工作，天鹅就在水里洗澡、游水；他离开动物园，天鹅也就跟在他屁股后头回家。

瓦西卡渐渐习惯离开尼基塔·伊凡诺维奇了。当把它留在池塘里同其他天鹅一块儿过夜时，它再也不撞栏杆了，只是伸长脖子，恋恋不舍地目送着渐行渐远的主人。

瓦西卡对主人真是一往情深！后来有一次，它还保护过主人，让主人免受伤害哩！

这件事发生在深秋里的一天。

这时候，瓦西卡已经是一只强有力的大天鹅了。它对尼基塔·伊凡诺维奇仍然很亲，每次出来散步时总是跟随他，寸步不离。有一天，他们在动物园小径上走，尼基塔·伊凡诺维奇突然看见一只熊向他跑过来。这只小熊刚满一岁，刚来动物园不久。它对新的环境总是心存疑惧，怕突然发生什么事，所以从主人手里挣脱，逃出来了。

熊这样到处跑，难免会闯祸。于是，尼基塔·伊凡诺维奇就前去挡拦，想截住它。不料，小熊一受惊，就大声吼叫着向他扑过来。说时迟那时快，一只天鹅突然出现在它面前。天鹅挺着胸向小熊冲去，小熊一惊，愣住了，天鹅没等它清醒过来，就接二连三地用翅膀对着小熊捶击。

这时候，小熊的主人赶到了。他给小熊套上了锁链，把它带走了。

从此，尼基塔·伊凡诺维奇就更加喜欢这位长翅膀的朋友了。天鹅对他也更加亲热了。只要一看见尼基塔·伊凡诺维奇，它就会又是高声欢叫又是拍打翅膀，从老远的地方跑过来迎接他。

秃鹫库奇哈

〔俄罗斯〕韦·恰蒲丽娜

　　动物园的一个大笼子里，关着一只通身黑褐色秃鹫。它的脖颈细长而光裸，溜溜然无毛；高高矗起的嘴壳坚硬、强大，而侧边却扁平，前端弯曲成钩状。这是一种猛禽。它在家乡生活的时候，把巢营筑在陡峭而严寒的悬崖边上。它有一对宽阔的大翅膀，展开来翱翔于云端时，那气势可真是威猛哩。

　　这只秃鹫的名字叫"库奇亚"。

　　库奇亚岁数多大了？没人能说得清。据饲养员尼基塔·伊凡诺维奇说，五十六年前，他刚到动物园那会儿，这只秃鹫就已经在这里了。尼基塔·伊凡诺维奇清楚地记得，那时候秃鹫就住在最靠边的那只大笼子里。

　　这只秃鹫很不喜欢新来的饲养员。尼基塔·伊凡诺维奇刚来那阵，它不习惯他这个陌生人，就总是向他示威，要往他身上扑，想用它强有力的钩嘴啄他。不过，过了几天，它就不再向他进攻了，还喜欢上他了。库奇亚只要看见尼基塔·伊凡诺维奇就马上从栖木上飞下来，飞到他跟前。尼基塔从它笼子边经过，秃鹫就会伸长脖子，目不转睛地注视着他，样子十分滑稽。

　　尼基塔·伊凡诺维奇也非常喜欢库奇亚，他对它很关心。那时候，动物园暖和的屋子不多，冬天没有地方放鸟，许多鸟都因此冻死了。所以，天实在太冷的日子，他就只好把库奇亚搬到自己的屋子里去住。库奇亚就在他屋里度过了最寒冷的日子。待到天气转暖后，才回到自己的笼子里去。

　　秃鹫在单独一个笼子里度过了好几年，已经习惯了独居的生活。后来，笼子里增加了一只母秃鹫。尼基塔·伊凡诺维奇给它取了个名，叫"库奇哈"。库奇哈初来那些日子，公秃鹫并不注意，仿佛笼子里依旧只有它自己一个似的。

　　春天到了。动物园的小溪开始汩汩流淌。笼子里的鹰对着明朗的晴空兀自鸣叫。秃鹫的生活也就发生了变化。

　　库奇亚不再单独活动了。它跟库奇哈到处相伴相随，到处一起转悠，尾巴张得像一把打开的扇子。它在向公秃鹫献殷勤哩！

库奇亚和库奇哈相处得情投意合。尼基塔·伊凡诺维奇确信它们是私下里已经把终身大事谈妥了。尼基塔·伊凡诺维奇想试试这两只秃鹫情投意合到什么程度，就把两只秃鹫都放出来散步。他很同情这些鸟，因为它们总是被关着，总是很少见到阳光。他打开笼子门。可他还是留了个心眼，把库奇哈的翅膀绑起来，而库奇亚的没有。因为他相信公秃鹫不会离开自己的伴侣的。

尼基塔·伊凡诺维奇的估计没有错。库奇亚根本不想飞走。它早就期盼着能到它天天看见的附近一座小石山上去走走，所以一出笼子，就同库奇哈一起向小石山走去。

它们相互在小石山上玩，一直玩到下午四点钟。这时库奇亚往回走，库奇哈在后边跟着，相伴着从山上下来，往笼子里走。它们每天在这个时候吃肉——它们对喂肉的时刻总是记得很牢。

这个春天，两只秃鹫都一同在小石山上玩。可是到了五月，它们突然不去小石山了，它们开始在动物园的小径上散步，收集各种树枝和废纸，然后拖到自己的笼子里去。库奇亚干得特别卖力。它碰到什么就把什么抓回来，一会儿把清洁工的扫帚叼走了，一会儿又把铁桶里的废纸拖出来衔走。有一次，它甚至把粉刷工的上衣给拖走了。粉刷工把上衣放在长椅上的，没走远呢，就看见库奇亚悄没声儿把上衣叼进了它的笼子。他想抢回来，可库奇亚急了，狂叫一声，明明白白是拒绝归还他的衣服！

粉刷工只好跑去找尼基塔·伊凡诺维奇。他去找饲养员的时候，公秃鹫也在忙。它把衣服拖到自己的角落里，东塞一下，西藏一下，很快就把衣服给弄脏了，口袋也扯了下来！它正撕领子时，尼基塔·伊凡诺维奇赶到了。

粉刷工看到自己的衣服被扯得又破又烂，十分心疼。尼基塔·伊凡诺维奇立刻想出了个法子——他拿起一把扫帚向库奇亚扔去。库奇亚又去抓扫帚，尼基塔·伊凡诺维奇趁机抓起上衣，纵身跳出了笼子！

发生了这个事件以后，尼基塔·伊凡诺维奇不再放秃鹫出来散步了。他知道秃鹫是要筑巢了，就每天在笼子里放一抱树枝。傍晚时分，库奇亚和库奇哈把这些树枝拖到自己的角落里去。

起先，它们把树枝堆叠起来，后来库奇亚把上面的树枝铺平。后来，库奇哈在那树枝堆成的窝里下了个蛋，接着就孵起小秃鹫来。

在库奇哈抱蛋的日子里，库奇亚精心护理着母秃鹫：喂母秃鹫吃食时，公秃鹫自己不吃，把肉给库奇哈。库奇哈站起来时，它马上钻进窝里去替换。

两只秃鹫孵了五十一天，到了第五十二天，小秃鹫终于孵出来了！小秃鹫长得像小火鸡，浑身上下都是白绒毛。两只老秃鹫对小秃鹫关怀备至，它们轮着给小秃鹫喂食、保暖，一时一刻也不离开它。

然而祸从天降，这个温暖快乐的家庭没有维持多长时间。有一天，尼基塔·伊凡诺维奇来喂食的时候，发现秃鹫突然不吃肉了。这种情况过去从来没有发生过。他立即跑去找医生。

要知道秃鹫得的是什么病，得对它们的排泄物和血进行化验，然而动物园没有自己的化验室，因此也就无法诊断秃鹫患的是什么病。秃鹫病了将近三个星期，尼基塔·伊凡诺维奇千方百计设法为它们治疗，但结果只救活了库奇亚。

库奇亚又独自生活了，它感到很寂寞，整天打不起精神来，痴立着，

野狼逐鹿记

或在笼子里走来走去——它是在寻找自己的伴侣呢。当尼基塔·伊凡诺维奇放它出来走动时，它即刻向小石山走去，但没多久，它就突然展翅冲向天空。

它飞得很高，直擦着云边飞，后来就看不见了。大家以为它不会回来了。却不料，它在云霄间盘旋了几大圈，又开始往下飞了，看，它飞到动物园上空了……落在小径上了……一准是因为多年养成回巢的习惯，秃鹫又回来了，又回到了它住惯了的笼子里来了。从那以后又过去了许多年，尼基塔·伊凡诺维奇都老了，腰弯了，背驼了，胡须白了。他成了动物园里的荣誉饲养员。现在他还在帮动物园照管猛禽，每年夏天总要放秃鹫出来散步。

秃鹫悠闲地挺胸昂首，不慌不忙地走在小石山上。它展开巨大的翅膀，飞过动物园的围墙，停在那块它待过多年的小石山上。它站在那里，等太阳落去的时候，又沿着动物园的小径走回自己的笼子里。在这个笼子里，它生活了将近六十年。

顽猴小不点

〔俄罗斯〕韦·恰蒲丽娜

第一章 它是最有头脑的

在动物园工作的岁月里，我长期和狮子、老虎打交道，但动物园忽然决定要调我到猴子馆里去工作。

我很不情愿去。我不熟悉猴子的习性，我也不喜欢猴子。我站在恒河猴的笼子前，它们整整一大片，有 40 只，在那里跑过来跑过去。我看着，不由得想："我怎么分得清它们？它们一只跟一只看不出来有什么区别。一样的眼，一样的脸，一样的手脚，连个头看上去也都差不多大小。"但是这只是我刚开始那一阵的感觉，其实深入进去，仔细观察，那么我看出来，即使同一类猴子，它们之间也是能分辨出甲乙丙丁的。那只被叫做沃夫卡的猴子，头要光亮些，像是谁刚刚给它梳理过似的，根本不像波勃里克那样不修边幅，一头猴毛乱糟糟的，东倒西歪地支棱着。

最容易从许多猴子中区别出来的是"小不点"。这些猴子中间，它个头最小，所以才会有"小不点"的叫法。小不点的嘴和脸显得有点儿尖，

却特别敏捷、机灵。我一进笼子，猴子们统统都跑散了，就小不点站在一旁，看着放了好些水果的方形筛子。

这只不逃开的小不点，我想进一步养育它，驯化它。

小不点有些胆小，它不敢一下靠近我。我向它伸过手去，它就蹦了几蹦，跑开了。但是我耐心地坐在笼子边，一连坐了几个钟头，时不时扔给它个最可口的水果。

小不点一天比一天挨近我。我向它走近的时候，它也不跑开了；有一次它还大起胆子，竟敢来抢我准备给别的猴子吃的饼子，还想把手伸到我衣袋里来掏东西。它差不多已经伸进来了，可忽然又害怕起来，或许是它觉得不该这样胆大妄为，所以又忽然逃开了。从此，我故意在口袋里装上些猴子爱吃的甜食，并且，故意让小不点看见我口袋里有它喜欢吃的东西。我知道它已经馋得不行了。

小不点留神观察着，看我怎样将一把把的糖装进衣袋里去，它就探过喇叭般张开的嘴，发出贪馋的尖叫声。好，它终于拿定了主意，把手往我口袋里伸了。为了不吓着"小偷"，我故意蹩转头，装作什么也没看见。小不点敏捷地从我口袋里取走了一块糖，贼眉贼眼地环视了一眼四周，很快跑到远处去，蹲下吃起来，怕被我夺回来。

从此，它就羞羞涩涩地试探着来跟我套近乎。我还没进笼子，它就过来，跳到我肩上，对我的口袋进行例行的搜查。它细长的手惊人的灵活，我还来不及看清它手进入我口袋的动作呢，它已经把我的口袋洗劫过一遍了。钥匙、钱币、票据，小不点统统都把它们掏了出来。有一次，甚至把我的小镜子给掏走了。它蹲到了最高处，就自己照了起来。它这面看看，反过

来又那面看看，可总也不明白镜子里对着它看的猴子是从哪儿来的，似乎是真的有，又似乎确实没有。它还一再地用手去抓镜子里的影子！抓了不算，还拿嘴咬影子。我不由得担心起来，小不点会不会把镜子咬破，手让玻璃给划破。我想把镜子拿回来，嗨，怎么办得到！猴子在笼子里跑过去蹿过来，就不想还给我镜子。我没办法，只得求朴莉雅阿姨来帮我。

朴莉雅阿姨伺候猴子时间已经很长，猴子们都听她的。她进笼子去，用长柄刷吓唬小不点，小不点尝过长柄刷的厉害，就一下把镜子给扔了下来。

第二章 小不点受到惩罚

猴子的所有特点小不点都有，只是比较起来它特别馋，特别贪。它对我已经无所畏惧，我进笼喂食时，不先给它，它就来抓我的手。小不点抓起来格外疼，弄得我不得不去给猴子喂食就先套上手套。它连格里什卡也不怕。

格里什卡也是一只猴子，但非寻常之辈，它是领头的。整个猴群都以它的意志为意志，只有它能把整个猴群箍拢到一块，只有它才能把猴群整肃得不至于乱套。它个儿硕大、强壮有力，因此才被大家拥戴为领袖。它维护着整个猴群的安全，自然也保护着小不点。

猴子没有不听从群体头目的。在猴笼里自然也是这样，没有一只敢不听它、不怕它的。

给猴子喂食时，规矩就是格里什卡先吃，没有一个敢抢在它前头。要等格里什卡吃饱了，大家才过来一哄而上。格里什卡慢悠悠地挑拣着食物，把最可口的吃了，吃得不想再吃的时候，它才慢条斯理地爬上它最爱蹲的石台上去休憩。到这时，其他猴子才战战兢兢地看看它，然后胆胆怯怯地爬过来，它们抓到什么吃什么，慌慌张张一把连一把往嘴里塞，吃过，就各回各的石台上去。格里什卡用威压的态势掌控着所有的猴子。它要惩罚谁，过去就揍就咬，而被它惩罚的则不可还手，不可跟它对打。它管辖的猴子族群要是被别的族群的猴子欺负，那么来犯的就要吃它的苦头了！格里什卡不管来犯的有多么强大，它都会冲过去，不惜一切保卫自己族群里的子民。它这样为同部族猴子挺身而出也是有回报的：回报就是天一冷，大家就自动向它围过去，紧挨着它，把自己的体温传递给它，一边温暖它，一边给它翻刮猴毛，给它捉虱子。

就小不点一个不买格里什卡的账。它从不给格里什卡翻捉虱子，并且也不像其他猴子那样殷勤地去温暖它。它自己觉得有我替它撑腰，有我当它的保护人，天性灵活、敏捷的它，自己就能及时避开危险，所以也就无须依仗他人，也就敢从格里什卡的鼻子底下去抓取本只属于领袖独份的优质食品。它竟擦过格里什卡的脸颊去抓胡桃，抢苹果，笨手笨脚地慢吞吞挪到一旁去吃。

对于小不点的冒犯行为，格里什卡已经忍了多次，忍了很久！有一天，当小不点像往常那样伸手去抓了食物，慢悠悠爬到高台上去吃的时候，格里什卡追上去，扑过去，以迅雷不及掩耳之势，一巴掌打掉了小不点抢到手的东西。小不点吱吱大叫，想躲闪，然而已经来不及了。格里什卡狠狠揪住它的尾巴，揍它，咬它，抓它。我和朴莉雅阿姨大声喝阻它，拿长柄

刷威吓它，做伸手去抓它的动作，跺铁筛子，小不点自己也挣扎着摆脱格里什卡的爪牙，却全然无济于事。格里什卡把小不点拽到笼子上头，把它抢去的东西都一一夺过来，连它已经塞进嘴里的糖。

这就是小不点为自己的贪馋所付出的代价。

第三章 鼓鼓囊囊的橡皮伙伴

一些参观者往笼子里扔纸包糖。小不点不会把包糖纸剥去，所以吃多了就肚子不好受了。它病恹恹地蹲在石台上，那副可怜的样子，看了实在让我为它着急，仿佛它所有吃下去的东西都僵在肚子里，身个儿渐渐瘦小了，往昔油亮亮的猴毛，现在一无光泽，枝枝权权的，蓬乱得不堪入目。

这样一来，就再没有谁跳到我肩膀上来，再没有谁来摩挲我的手掌和手背，再没有谁来搜刮我的衣袋了。

我请来兽医。医生给它仔细作了检查，给它开了药，找来热水袋焐它的肚腹。

医生开的是泻药。想不到它受不了这猛药，再加上给它焐了热水袋，这样一来，它就更见消瘦了。我们试着把热水袋绑在它肚子上，但是绑了四次，四次都被它摔了出来。

于是我们不得不使点技巧了。

我们把小不点关进了一个只够它容身的笼子，把装了烫水的热水袋搁在笼子下面，哦哟，小不点怕这个橡皮家伙，以为什么怪物放到它身子旁边来了！这家伙是什么东西，它从不曾见过，它鼓鼓囊囊的，有多可怕啊……

小不点一眼不眨地盯着这个鼓起橡皮肚子的家伙，胆战心惊地坐着，一动不动。

它就这样心惊肉跳地坐着，像石人似的一连坐了好几个钟头。我们过一段时间就给橡皮热水袋换进烫水。小不点就那样惶恐不安地一动不动坐着。后来，它小心地一边瞅着怪物，一边伸手去轻轻试着碰了碰那鼓鼓胀胀的烫东西。那东西热乎乎，并不咬它。这下，它胆子变大了，把自己瘦弱的小身子一点一点挨近它去，贴上去，直到用双手去抱起它，伸到橡皮下头去取暖。

从这天起，小不点就一步也不愿离开这个鼓鼓囊囊的东西了，它用一只手把它焐在肚皮上。焐着橡皮家伙，它从这边跑到那边，还试试去给橡皮伙伴捉虱子呢。热水袋上自然是没有虱子的，但是却表明了，当它要对谁表示关爱、对谁献殷勤的时候，它就给它用手指刮毛、捉虱子。这样，它病好了以后，再要从身边拿走热水袋，可就麻烦了！它怎么也舍不得放开这橡皮伙伴了！它把它紧紧贴在自己胸怀里，连声哇哇地叫，像是从它身边夺走是它的独生儿子。小不点一见有谁拿着热水袋从笼子边走过，就飞快跑过去，伸出它喇叭似的嘴，对着热水袋边叫边亲。

第四章 狡计被识破

我们的动物园需要送一只猴子给别个城市的动物园。火车在晚间开动。

　　我们决定拿小不点去送。因为它被驯化得最让我们满意。我们想到，要捉它会很不容易。然而事实比我们想象的要麻烦得多。技术员一走进笼子，其他的猴子一下四散开去。因为它们很了解技术员。他一进笼子，就不会有别的事，就是要抓猴子。技术员的脚步声它们很熟悉，他一走近，猴子们远远就听出来了。

　　技术员知道小不点不是个省油的灯，轻易逮不住它的。所以他用了点小聪明。他穿上了朴莉雅阿姨的女衫，头上包上块花头巾，连走路也装女人的样，他想着，这样一来猴子们准不会认出他来。技术员这样乔装后进到笼子里。猴子们见人进来，像是朴莉雅阿姨，却有点不像是她。大家远远围着他看，却总没有一只敢走近。技术员向猴子们抛掷给这个一个梨，抛掷给那个一个苹果，而自己潜着步子向小不点走去。他给它递去一个苹果。

　　我在一旁看他，紧张得心都像是僵住了。"他去抓，他将逮住小不点的！"我目不转睛地看，小不点不会那么容易上他当的。小不点伸过手来接苹果，可看技术员的脚，就越看越疑惑。我也看着技术员的脚和他女人的裙摆，看着他那双显得很古怪的大胶靴。小不点全神贯注地对着大胶靴看。

　　大胶靴一大步一大步走得离它越来越近，它一点一点向大胶靴挪近。它虽是挪身过去，可目光始终不从大胶靴移开。它看着看着，突然尖叫起来！于是刹那间，猴子们都爬到了高处，立时纷纷躲避了。

　　接着猴群领袖格里什卡大声叫起来——克拉！大家听得这一声号令，都一起扑向了技术员。转眼间，它们摘去了技术员的头巾，撕破了他的裙子和朴莉雅阿姨的女衫。技术员挥手顿脚进行抵抗。但他的抵抗是徒劳的。四十双敏捷的猴手抓你、撕你的衣服，抓你的脸，你还能逃得脱一场劫难吗！

哄闹声中，朴莉雅阿姨冲过来帮助技术员摆脱困境。但是要从发疯似的猴群中间把受难者救出来谈何容易！它们不肯松手，不肯散去，不肯放过受难者。费了老大劲，技术员被抓扒的头和脸才算保住。才算得以全身而逃。他好不容易逃出了猴笼，但已经是身无完衣、体无完肤了。

而猴子们却多久的平静不下来，它们一个个余怒难消，在一旁吼叫着、做着威吓的动作。

技术员的阴谋就这样被识破，小不点终于也没有被捉住。

第五章 逃跑

春暖花开时节，和煦的阳光朗照大地，动物园把猴子们从冬房里迁出来，安置到宽敞、明亮的场所，让它们可以自由自在的活动活动瑟缩了一冬的身骨。

猴子们整天跑跳着、打闹着，互相追逐嬉戏。就像终日耍着猴戏一般，又是蹦跳，又是荡秋千似的从这边荡到那边，又是沿着笔直的绳索直溜溜地往上爬，从光滑的铁筛子上滚下来又在爬上去。

就小不点一个不玩。我们简直弄不懂了：向来高高兴兴、活活泼泼的小不点，一连几个钟头坐在铁筛子边，眼睛呆望着紧挨着它的那棵树。有时，风把树枝吹到了小不点身边，它就从铁笼里伸出去把树枝抓住。但是它很快就把树枝放了，随后又直盯盯地看着关死了的大门。有一天朴莉雅阿姨把门稍稍打开，好走进猴笼做保洁工作。小不点瞅准着时机，敏捷地

从管理员身边猛然弹起，趁朴莉雅阿姨还来不及进笼，就一边大叫一边跳上了树梢。朴莉雅阿姨想叫住它，想要用美味食品引诱它，它都不加理睬。朴莉雅阿姨装哭，求它下树来，它也不理会。一心要逃跑的它，连头都不回一回，当动物园领导人和他的助手赶来救场，它却无所顾忌地从一棵树跳到另一棵树，接着纵身一跳，越过围墙，很快逃之夭夭，从大家的视野中消失了。

过了几分钟，动物园的电话铃声丁零零响起：

"喂！是你们逃出来一只猴子吗？它现在在普列斯内区。"

"我是警察局。你们的猴子是从梯兴街方向逃走的吗？"

动物园领导人还来不及搁下电话呢，电话铃声又响了，又响了，又响了——格奥尔基广场来的，大格鲁奇街来的，库尔巴托夫街来的……电话从不同街道打来，说小不点猴子从他们那里跑过。

我和朴莉雅阿姨跑步前去寻找。我们走到库尔巴托夫大街，那里在一幢高楼下，一堆人在那里围观小不点沿三楼的墙檐，飞快跑动。

它跑着，跑着，见一个窗户洞开着，就一下子跳了进去。顿时，几个瓦钵带着鲜花稀里哗啦翻落下来。

我和朴莉雅阿姨向这幢楼奔去。我们沿楼梯冲上去，一个妇女从屋子里迎着我们跑来。我们知道我们的小不点就在那个屋子里了。我们跑进房间。小不点从房间的这个角落跑到那个角落。

我们扑过去，使劲儿一把抓住了它。

我们脱下工作衣，把他的连头连身子缠裹起来，蒙得严严的，千万别让它再逃脱了。我们很快回到动物园。

　　一回到动物园，我们就把它关在原先的笼子里。猴子们看见逃犯被抓了回来，个个都兴高采烈，欢天喜地！它们围着它看，抚慰它，叽里咕噜对它说猴话，而小不点像什么事儿也没发生过似的，坐在石台上，啃着朴莉雅阿姨奖赏给它的那个最大的苹果。

雷索克

〔俄罗斯〕韦·恰蒲丽娜

从城里回来的纳扎尔大爷，在经过一片树林的时候，忽然见到一只灰不溜秋的小动物从他脚下蹿出来，一晃，躲进了矮树林里。

纳扎尔大爷扒开矮树林，探身进去看，只见一只小狐狸躺在里面。"原来是它啊！"他自语着，摘下帽子来，扣住了小狐狸。大爷在回来的路上寻思着，今天把这只小狐狸带回家，几个小孙子见了它，一定会很喜欢的……

小孙子们正等爷爷带回礼物来呢，却不料带回来的竟是一只小狐狸！孩子们那个高兴劲儿就别提了，他们又是手舞足蹈，又是蹦蹦跳跳，又是欢呼雀跃。

纳扎尔大爷从手提包里轻轻提溜出小狐狸来，放到地上。小狐狸一会儿跳到这边，一会儿跳到那边，接着很快躲到炉子底下去了，孩子们连小狐狸是什么模样还没看清楚哩。

孩子们想尽各种办法去把狐狸从炉子底下引出来，他们又是给它肉吃，又是给它牛奶喝，可是狐狸依旧躲在炉子底下，没一点儿动静！

孩子们没办法了，虽然没有看清爷爷的这礼物，但也只好睡觉去了。

夜里，大家都睡着了，小狐狸这才爬出来。它摸来摸去，摸了好一阵，才摸到了房门，它伸爪去抓门，用牙齿去啃。末了，它蹲在了房子中央，仰头呜呜悲号，声音尖溜溜的。

小狐狸就这样号了一夜，一直在呼唤自己的妈妈。早晨，大家起床的时候，小狐狸又钻到炉子底下去了。

渐渐地，小狐狸的胆子一天比一天大了，连白天也敢爬出来了，再后来，它就敢走到餐桌跟前。这时孩子们总算看清这小狐狸的毛是茸茸的，通身的颜色是灰不溜秋的，只尾巴尖尖上有一小截儿白。这模样同孩子们在画片上所见的大不相同，它并不是金晃晃的大狐狸啊。

孩子们小心翼翼地扔给它一块肉，它贪婪地抓过去，却仍往炉子底下躲。不过，小狐狸越来越频繁地从炉子底下爬出来了。

大家给小狐狸取了个名，叫"雷索克"。

现在雷索克整天都跟孩子们在一起，同他们一起睡，一起跑，一起玩，孩子们还带雷索克出去散步。他们抱着它，或是拴根绳子像牵小狗似的牵着它。有一次，他们刚把拴它的绳子解开，它一眨眼就不见了。那个地方野草长得很深很密，雷索克往草丛里一钻，就不见了。孩子们又是找又是叫。整整花了一个钟头，才把它找到。

现在雷索克认识家里所有的人了。它只要一见孩子们，立刻就跑过去，尖声叫着，晃动尾巴，爬到孩子们的脚边，让他们轻柔地爱抚。

两个月后的雷索克，已经长大了，脸变尖了，尾巴变长了，身上的毛也由灰色变成了金黄色。

雷索克长漂亮了！

但是，纳扎尔大爷和孙子们发现，把它养在家里已经不合适了。它常常跳到桌子上、椅子上，凡是它能爬的地方它都去爬过，凡是它能抢的东西它都抢走。家里什么都搁不住：它一会儿钻进餐厨里去舔奶油，一会儿把爪子伸进汤锅里去捞肉吃，还把吃剩的东西往大爷的被窝里藏！

事情的糟糕远不止此。雷索克最让纳扎尔大爷闹心的是，整幢房子哪儿有洞它都知道。夜里，它就从洞里钻出去偷邻居家里的鸡。老人光赔人家的鸡钱就是个不小的数目！

有一个晚上，雷索克从家里溜出去，一夜没回来。纳扎尔大爷一大清早起来，打开门，眼前的景象让他一下愣住了：台阶上，整整齐齐地排着10只被它咬死的鸡，鸡的头一个个都朝着大门。雷索克得意扬扬地在鸡旁蹲着，等待大爷给它奖赏。

邻居们气愤不过，他们扬言要把纳扎尔大爷告上法庭去。

于是，当天纳扎尔大爷就乘火车去了莫斯科。

在莫斯科广场上，纳扎尔大爷转悠了好一阵，就是找不到一处他和狐狸可以歇脚的地儿。

——市场卖肉部他不能去，那里只准卖肉的人去，他不能抱只活狐狸往那儿站。

——售奶处他也不能去，那里是卖奶的地方，不能卖狐狸。

大爷站了好一阵，想来想去，决定到大门口卖菜的地方去。

在大门口菜市场，纳扎尔大爷打开篮子，人们立即就围上来了。哪个对狐狸能没有兴趣呢？老人把雷索克抱在怀间，不住手地梳理它绒密的柔毛，为了让大家看清楚他抱着的狐狸有多漂亮、有多驯顺，他干脆让它骑在自己的脖子上。

但是，没有人想买活狐狸。大家夸奖它、喜欢它，但都不敢买它。

然而也不是所有人都不敢买它，瞧，纳扎尔大爷正准备离开莫斯科的时候，忽然有一个妇女走过来。

她仔细看过雷索克，摸了摸它柔软的茸毛，问老人要卖多少钱。

纳扎尔见有人想买他的狐狸，心中暗暗高兴。他没有要高价，就把这只戴着颈圈和拴着小链子的狐狸卖给了她。

这个莫斯科妇女的想法跟别人不大一样：她给人送生日礼物要送很特别的。她想买礼物，而又正不知买什么好的时候，她看到了这件活礼物。拿狐狸做礼品自然比一般礼品要有趣得多，所以她心里很高兴。

莫斯科自然没有鸡让雷索克偷，它不可能一夜间在这位莫斯科妇女的家门口排起 10 只死鸡，而且头一律都朝着门，但故事总会有的，麻烦总会有的。纳扎尔大爷把故事和麻烦留在繁华的莫斯科了。

图书在版编目（CIP）数据

野狼逐鹿记 /（俄罗斯）维·比安基等著；韦苇译 . -- 北京：北京时代华文书局，2018.8
（写给孩子的动物文学）
ISBN 978-7-5699-2467-1

Ⅰ . ①野… Ⅱ . ①维… ②韦… Ⅲ . ①儿童小说－短篇小说－小说集－世界 Ⅳ . ① I18

中国版本图书馆 CIP 数据核字（2018）第 122186 号

写 给 孩 子 的 动 物 文 学
Xiegei Haizi de Dongwu Wenxue

野 狼 逐 鹿 记
Yelang Zhulu Ji

著　　者 |〔俄罗斯〕维·比安基 等
译　　者 | 韦　苇

出 版 人 | 王训海
选题策划 | 许日春
责任编辑 | 许日春　沙嘉蕊
插　　图 | 赵　鑫
装帧设计 | 九　野　孙丽莉
责任印制 | 刘　银

出版发行 | 北京时代华文书局 http://www.bjsdsj.com.cn
　　　　　北京市东城区安定门外大街 138 号皇城国际大厦 A 座 8 楼
　　　　　邮编：100011　电话：010-64267955　64267677
印　　刷 | 北京凯德印刷有限责任公司　010-87743828
　　　　　（如发现印装质量问题，请与印刷厂联系调换）
开　　本 | 710mm×1000mm　1/16　印　张 | 8　字　数 | 90 千字
版　　次 | 2018 年 10 月第 1 版　印　次 | 2018 年 10 月第 1 次印刷
书　　号 | ISBN　978-7-5699-2467-1
定　　价 | 28.50 元